JN174246

かかわらなければ路傍の人

塔和子の詩の世界

川崎正明

編集工房ノア

執筆スタイル、撮影・太田順一（1999年３月）

（右）桟橋で（1993年６月）
（左下）大島青松園正門
（右下）大島全景

皇・皇后両陛下と（2004年10月日）写真提供・四国新聞社

吉永小百合さんが訪問
（2009年4月）

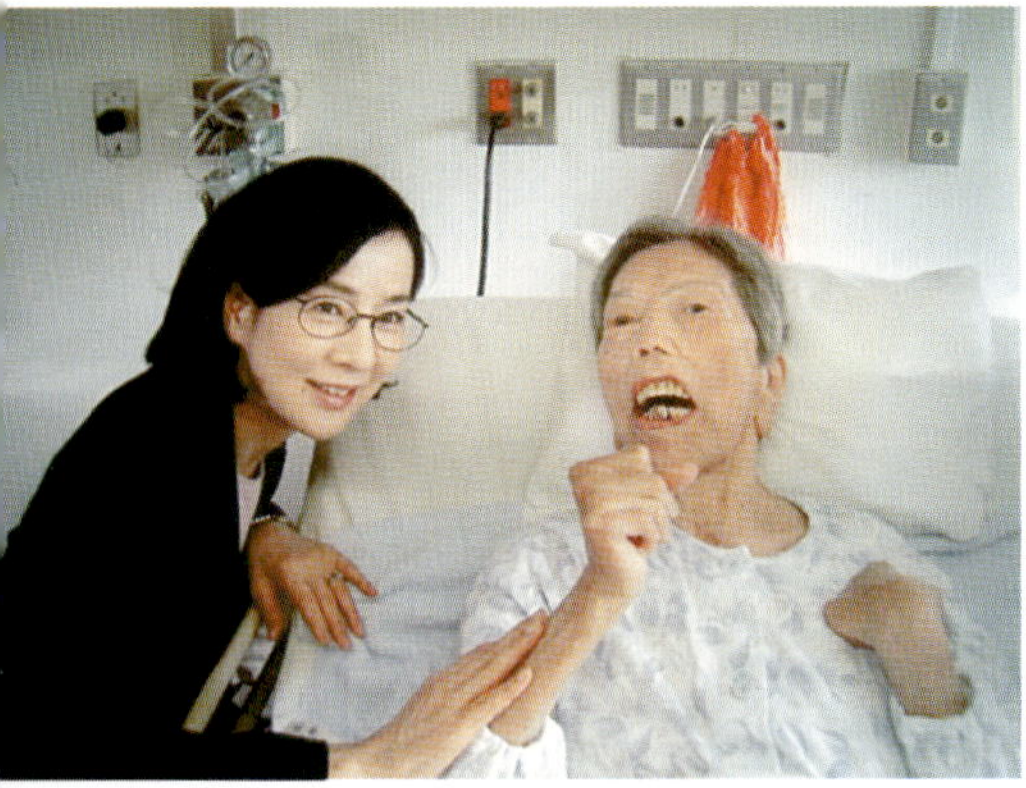

第29回高見順賞受賞

塔和子展、ポスター（右）と、会場風景（下）
2011年5月21日～6月26日、国立ハンセン病資料館

『塔和子全詩集』〈第一巻〉完成を喜ぶ。（2004年１月18日）
写真提供・四国新聞社

『塔和子全詩集』全三巻と
刊行詩集（下）

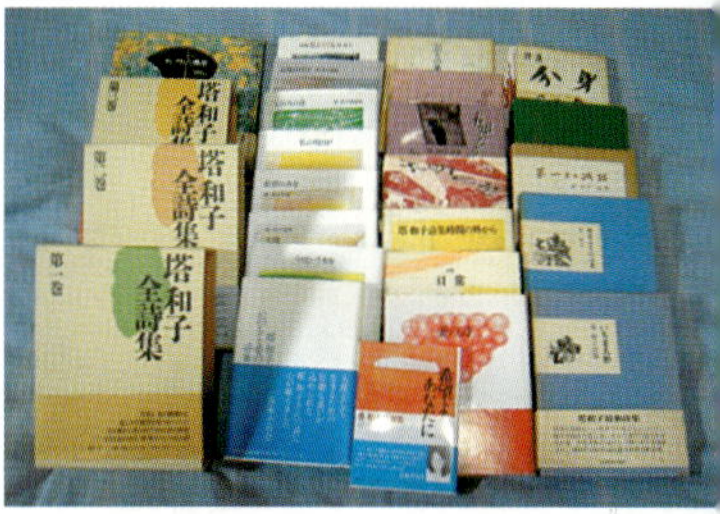

同人詩誌「戯《そばえ》」の会、
扶川茂宅での新年会。
（1986年１月12日）

訪問者と共に。中央左は、
夫・赤沢正美

第二文学碑、明浜町大崎鼻公園（2008年４月２日）

第一文学碑、故郷西予市明浜町、シーサイドサンパーク

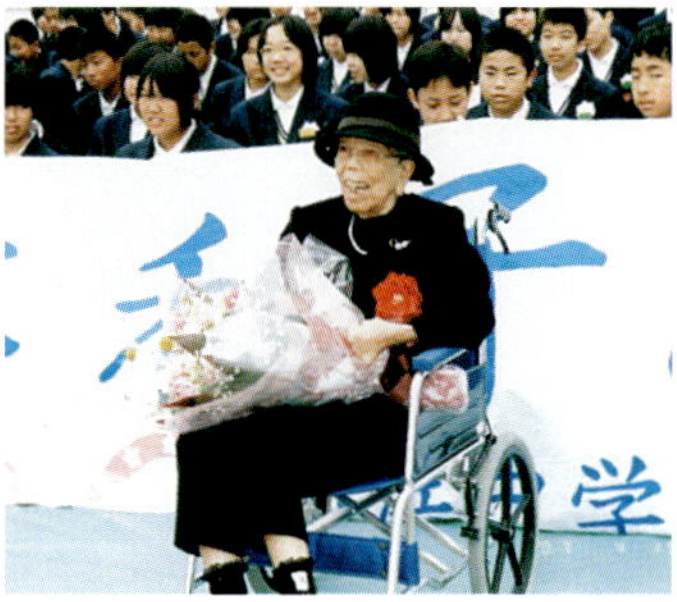

第一文学碑「胸の泉に」建立除幕式（2007年４月15日）

生地、愛媛県西予市明浜町田之浜と井土家墓に納骨、墓誌に本名を刻む。

「かかわらなければ路傍の人——塔和子の詩の世界」目次

第二章　かかわらなければ路傍の人

第三章　一条の光を見つめて

カバー装画　岡　芙三子
装幀　森本　良成

はじめに

私がハンセン病問題にかかわるようになってから三十一年になる。「ハンセン病問題」という表現が適切かどうかわからないが、社団法人「好善社」（ハンセン病にかかわる活動をしている団体）が主催する国立療養所「東北新生園」でのワークキャンプに参加したことが、ハンセン病を病んだ人たちとの最初の出会いであった。私が四十七歳の時だった。その時から今日まで、好善社社員として全国のハンセン病療養所を訪問し、さまざまな出会いを経験してきた。

この四半世紀の間に、日本におけるハンセン病問題は大きな変化を見た。国家が制定した「らい予防法」という誤った法律によるハンセン病政策によって約一世紀もの間、ハンセン病を病む人たちを強制隔離してその人権を奪い苦しめてきた。国の責任は言うまでもないが、一般社会における偏見・差別の責任も同じく問われなければならない。この問題の解決のために、当事者たちの粘り強い闘いによって、「らい予防法」廃止（一九九六年）、「国家賠償請求訴訟」の原告勝訴（二〇〇一年）、「ハンセン病問題の解決の促進に関する法律」（ハンセン病問題基本法）が成立し（二〇〇八年）、法律的にはその人権を回復させることが実現した。しかし、療養所に住む人たちの高齢化が進み、今では平均年齢は八十四歳になり、その数も約一七〇〇人になっている。私がはじめて療養所に行った三十年前は、約七四〇〇人だった。子孫がなく、後継者がいない異様な「ハンセン病療養所」という社会は、今まさに終焉の時を迎えている。

私はこのような時代の流れの中で、ハンセン病問題とかかわってきたが、特に一九八七年に全国十三カ所のハンセン病療養所を一気に訪問する機会を得て、多くの入所者と交流を持つことになった。もちろん今ではもう他界された方々も多いが、私はそれらの訪問について大学ノートに記録し、その数も十四冊になった。この中に記録している方々との出会いは、私にとって人生の重い宝物である。

瀬戸内海の小島にある国立ハンセン病療養所「大島青松園」（香川県高松市）に住む塔和子さんに出会ったのは二十八年前の一九八七年だった。塔さんが五十八歳、私は五十歳だった。その後の塔さんとの出会いの経緯は、文章の中で記しているが、初めて読んだ塔さんの「胸の泉に」という詩の「ああ／何億の人がいようとも／かかわらなければ路傍の人／私の胸の泉に／枯れ葉いちまいも／落としてはくれない」という言葉に圧倒され、塔和子という人物にのめり込んでいった。大島青松園に通い、塔さんを訪ねたのは一七一回を数えた。塔さんの詩集や詩選集の編集・発行などにも協力するようになった。また、塔さんの詩やいくつかの出来事についての感想を、療養所の自治会の機関誌等に発表し、講演会などでも語ってきた。私の願いは、塔和子の詩が多くの人たちに読まれ、彼女の人生に触れてほしいと思ったからであった。

一九九九年に塔さんが第十五詩集『記憶の川で』で第二十九回高見順賞を受賞してから、マスコミ界でも取り上げられて全国的に読者が広がった。二〇〇三年には、塔和子のドキュメンタリー映画「風の舞―闇を拓く光の詩」（監督・宮崎信恵）が制作された。また、二〇一一年には東京の国立ハンセン病資料館で、「塔和子の会」と同資料館が共催で「塔和子展」を開催し、多くの人びとの注目を集めた。発行した詩集は十九冊、それらを収録した『塔和子全詩集』（全三巻）も完成した。さらに二〇〇七年と翌年に、故郷の愛媛県西予市明浜町に地元の人びとの協力により、二つの「塔和子文学碑」が建立された。しかし、塔さんは二〇〇〇年に最愛の夫・赤沢正美さんを天国に送り、晩年はパーキンソン病を患ったこともあり、徐々に体調が減退し、病棟での生活が続いた。そして二〇一三年八月二十八日、急性呼吸不全で亡くなられた。満八十三歳、大島青松園に入所して七十年だった。

このたび私は、詩人・塔和子さんの読者の一人として、二十六年間の交流の中で見てきた塔和子の人生とその詩の世界をまとめたいと思った。もちろん私は詩の評論家でも文学者でもないから、専門的なことは語れない。稚拙だが四半世紀にわたり塔さんとかかわり、身近にいて多くを学び、思いを分かち合ってきた出会いの記録としたい。

ああ
何億の人がいようとも
かかわらなければ路傍の人
　私の胸の泉に
枯れ葉いちまいも
落としてはくれない

（『未知なる知者よ』「胸の泉に」）

「かかわらなければ路傍の人」―この言葉がいつも私のこころに問いかけてくる。

（注）病名について、文中に「ライ」「らい」との表記があるが、文脈の中での使用であり、現在では「ハンセン病」の表記が正しい。

第一章
塔和子の詩の世界

1999年春（撮影・霜越春樹）

1　千編の詩が織りなす世界

塔さんが十九冊の詩集の中に遺した約千編の詩は、いくつかのジャンル（種別・部類）に分けることができる。もちろんその詩が書かれた年齢や状況・環境によって変化があることは言うまでもない。塔さんが詩作を始めたのは二十九歳の頃からで、ＮＨＫラジオ第二放送「療養文芸」に投稿、選者・村野四郎の評と指導を受けている。そして三年後に第一詩集『はだか木』（一九六一年）を出版した。私が初めて読んだのは第七詩集『いのちの宴』（一九八三年）で、その後既刊の詩集をむさぼるように読んだ。詩についての教養もない私には、初期の詩集は、正直言って暗くて難しいと思った。しかし、忍耐強く読み続けることによって、だんだんと塔和子の詩の世界が分かるように思えてきた。そして、塔和子が紡ぎ出す詩の世界を私なりに描いてみた。

その構造のイメージは、大別して四つに集約出来る。①塔和子の生活の座―その現実の日常の世界、②自己の存在の根源―存在根拠・いのちの本質、③かかわり・出会い―生きる喜び・希望、④宗教的モチーフ―大いなるもの、師、未知なる知者。別の表現をすれば、この詩群の構造を垂直の縦軸と水平の横軸に当てはめる。自己の存在を垂直的に、自分が生きている現実を水平的にとらえる。

「塔和子の会」で、塔和子詩選集『希望よあなたに』（文庫判・二〇〇八年）を出版するために、その編集過程でしたことは内容をジャンルに仕分けることだった。最初は、「存在」「自己」「いのち」「尊厳」「ハンセン病」「かかわり」「出会い」「愛」「花」「日常」「夫婦」「故郷」「大いなるもの」「希望」というような部類に分けた。そして最終的には、その詩選集は次のような項目によって、全詩集の中から六十編を選出した。（上は章タイトル、括弧内は意味）

1　生きている　（存在）
2　エバの裔《すえ》　（自己）
3　いのちの音　（いのち）
4　一匹の猫　（尊厳・ハンセン病）
5　かかわらなければ　（かかわり・出会い）
6　めざめた薔薇　（愛・花）

7　かずならぬ日に　　（日常・夫婦・故郷）
8　大いなるもの　　（大いなるもの）
9　希望よあなたに　　（希望）

詩を読むということは、著者と向き合って会話をするようなものである。紙上に表現された文字、段落、行間、リズムなどを読みとり、著者の息づかいを感じながら、著者が表現する世界を旅することかもしれない。詩によっては著しく共感するもの、逆に感じるところの少ない詩もある。塔さんの詩には、常に強いメッセージがある。千編の詩が織りなす塔和子の詩の世界の旅に出たいと思う。

2　自己の現実、その生活の座

塔和子は、一九二九年（昭和四）八月三十一日に、愛媛県東宇和郡（現西予市）明浜町田之浜で八人兄弟の三番目（次女）として生まれた。一九四一年（昭和十六）、田之浜国民学校初等科六年生の春（十一歳）ハンセン病を発症し、一九四三年（昭和十八）六月二十一日、十三歳の時に国立療養所大島青松園（香川県木田郡庵治町〈現高松市〉）に入所した。

田之浜国民学校初等科六年生の春。この頃ハンセン病を発病し1943年６月21日大島青松園に入所。

大島青松園は、高松港の東方約八キロメートル、四国本土との最短距離約一キロメートルの瀬戸内海に浮かぶ面積約六十一ヘクタールの小島にある。瓢箪形をしているところから「ひさご島」とも呼ばれている。島の西海岸からは伝説・桃太郎の「鬼が島」（女木島《めぎ》）、南には源平の古戦場・屋島「檀ノ浦」、東には「二十四の瞳」の小豆島があり、美しい瀬戸内の風景の中にある。島には、源平の勇者を葬ったと伝えられる老松「墓標の松」が植えられている。ここは、全国に十三ある国立ハンセン病療養所の一つで、国のハンセン病政策の過程で、一九〇九年（明治四十二）公立療養所（全国五ブロック）が設置され、「第四区療養所」として四国四県と岡山、広島、山口、島根の八県連合立として発足し（定床二〇〇床）、翌年に「大島療養所」と改称された。そして、一九四一年（昭和十六）に厚生省に移管され「国立らい療養所大島青松園」と改名（定床六五〇床）、さらに一九四六年（昭和二十一）、現在の「国立療養所大島青松園」と改称された。

塔さんが入所した昭和十八年は、太平洋戦争勃発後の戦時下でハンセン病療養所も混乱状態にあった。入所者が七〇〇人を超えており、物資、食糧、医療材料や薬品が不足、栄養失調で死者が続出、「腹がへっても戦がつづく」という状況だった。その後、塔さん在住の七十年を経て、二〇一五年九月現在の入所者数は七十人を割っており、ピーク時の約一割となっていて、その平均年齢は八十三歳となっている。

塔さんは特効薬プロミンにより、一九五二〜三年頃に無菌状態になりハンセン病は完治した。しかし、後遺症のために同園にとどまり、二〇一三年八月二十八日に死去するまで七十年と三カ月をこの瀬戸内の小島の療養所で過ごした。「入所」という表現は間違いではないが、より正確には国家のハンセン病政策「らい予防法」に基づいて強制隔離されたと言えよう。

ハンセン病を病んだがゆえに、故郷を離れ、肉親と離別させられ、苛酷な療養所生活を余儀なくされた。それが塔和子の「生活の座」であった。その過程にはさまざまなことがあった。不自由な日常生活、結婚、キリスト教会での受洗、詩作、パーキンソン病による苦しみ、夫との死別、晩年の病室生活等々。不安、寂しさ、渇き、ひもじさ、葛藤、怒り、孤立、自殺未遂、塔さんはそれらの思いを詩によって表現している。例えば「穴」「不眠」「鯛」「金魚」「嘔吐」「苦悩」「囲いの中で」「旅」「病」「川底」「一匹の羊」などの詩に自己の現実を直視して、その心情を詠っている。「金魚」という詩は次のようだ。

金魚

与えられた金魚鉢の中で
与えられた餌をもらって
生きるための知恵も労働も
運命を切りひらくために必要なものは
すべて放棄した
牙も毒も持たずにいられるこのさびしさ

器の中のなまぬるい水につかってから
あまりにながいので
幸せがなにかなのか
自由がなになのか
健康がなになのか
もう麻痺してしまってわからない

ふと
口ばしを鉢にぶつけて
生きていたと
鮮烈に五体をはしるものを知る
　金魚はときおり
　開けられた窓の向こうの空を見ながら
かすかな声が自分を呼ぶのを
きいたような気がして
ひくひくと
身をふるわせる

（『未知なる知者よ』より）

自分を金魚にたとえて、ハンセン病療養所での生活を強烈に語っている。自分が金魚鉢という囲いの中に閉じ込められ、麻痺してしまった身体。「口ばしを鉢にぶつけて」やっと生きていることを思い出すという生活実態の悲哀を表現している。それがハンセン病療養所の姿だった。そのような生活の座で、塔さんはどのように生きてきたのだろうか。

3　ハンセン病と塔和子

塔さんが、ハンセン病について直接語る詩は少ない。自身の病について被害者として「恨み辛み」を語るのではなく、客観的冷静にその状況を詩という形態を通して表現している。過日、塔さんの資料保存のために、塔さんが病棟に入室するまで住んでいた家の整理をした時、古いカセットテープがたくさん出て来た。一緒に作業をしていただいた西予市明浜町の増田昭宏さんが持ち帰って、ＣＤに移して聴くことができた。一九九三年頃、塔さんが五十一歳頃のもので、ラジオ放送「朝のアトリエ」という番組でのインタビューに応えてのコメントが残っていた。若々しい声だった。その中で印象に残った言葉があった。

「ライの人が、ライ故にライをうたわねばならないということはありません。ライそのものの苦しみや痛みをうたうのではなく、隔離の中での一回的な自分の人生をどう生きたか、何を考えたかが問題だったのです。だから詩の中では、ライそのものをほとんどうたっていないのです」

ある読者たちは、塔和子をハンセン病詩人などと呼ぶことは間違いで、純粋に一人の詩人・芸術家というべきだと言う。しかし、塔さんがハンセン病を病んで苦しみ、そこから派生するすべての苦難と向き合い、その重荷を背負って生きたことは事実で、そこに詩作の原点があることは言うまでもない。塔さんはハンセン病を発症してからの人生を、「長い旅の始まり」と言っているが、その始まりを語る二編の詩が非常に印象的である。

病

緑をゆらせている山を背景に
太陽にとけている家が
黒い口をあけている

そこから出てくる人がある
中年の男と女に
もつれるように歩いてくる小さな子供や
大きな子供

この家の中に
日毎くりひろげられる生活の絵が
そのまま出て来たように
家族は日差しの中をゆく
男はだまって向こうを見ながら
女は男の横顔を見つめながら
子供達は
歩くのに一生懸命になりながら

あるとき
その家族は
三叉路を右へ曲がったが
その家族の中で
ひとりだけ
左へまがらなければならない子供があった
その子供は

左へ左へ
まがっている道を
どんどん歩いて
家族と
遠く遠くはなれてしまった
母の涙
父の悲痛な顔を
まぶたの中に
見つづけながら

（『いのちの宴』より）

この詩は、国立ハンセン病資料館の「療養所の中の学校」というコーナーに展示されている。まるで動画の一シーンを見ているかのような、または塔さんが故郷からひとり離れ、両親と引き裂かれてゆくシーンを描いた原画のようでもある。おそらく塔さんにとっては、ハンセン病を宣告された忘れられない原体験であろう。そしてこの詩の続編のような詩が、第十七詩集の『希望の火を』（二〇〇二年）に収録されている。

旅

この世の光に迎えられて
長い旅は始まった
母のひざから二歩三歩
生きる旅に立ち会った私の足
子供の頃は隣の町へ
少し大きくなってからは
ハンセン病の診察のために
父に連れられ
福岡　東京　大阪と
各大学病院へ、それから
数知れぬ小さな病院へ転々と
受診の旅を重ね
つづまりは島の療養所におちついたが
そこは入ったら出られないところだった

思えばそこで五十年
黙々と日々を重ねて今日にいたった
そして
この度「らい予防法」という囲いの壁は
とりはらわれ
天下晴れて自由の身となったこの喜びをだいて
どこへ旅をしようか
ここだあそこだ地の果てだ
思いは湧くがついて行けない体になった
けれどもまだ
果たし得なかった楽しい旅の幻影を
実現したいと
こんなにも希っている

（『希望の火を』より）

また、長い旅の始まりを告げた日の思い出を、「子守歌がまるかった／晴れ着に細めた／母の目がやさしかった／私の病気を宣告された／父の顔がすくいようもなく暗かった」（『希望の火を』「光」）と語っている。こうして始まった「ハンセン病の長い旅」の行く末はどうだったのだろうか。

4　囲いの中の日常

ハンセン病療養所での生活の実態がどのようであったか、その様子は詩集全体の中で随所に描かれている。何十年という長期の療養所生活の異常性を繰り返して述べている。それらの詩群を抜きだしてみたい。

いちま人形

倒されれば
倒されたまま
立たされれば
立たされたまま
人が動かさなければ

その姿勢をかえることはない
立っているときは正面を見つめたまま
仰向けにされれば天を見つめたまま
俯けにされれば地面の奥が見えてくるほど
その目はあいたまま

　鼻は形よくこんもりとし
　口は真直ぐに結び
目はすずやかに大きく
　眉はやさしく細くひかれ
　手は垂直に下げられ

人の形に作られて
人になることはなく
永劫その作られた若さを保つもの
華美な着物の胸に
かのこの帯上げをして
抱けば血が通い合うように

じんわりと愛しさが湧いてくるのに
誰が人形と名付けたのか
無限の空間にとりかこまれて
立っている
この気味悪く美しいもの

（『いちま人形』より）

涙のようにイヤリングを光らせ／イミテーションのネックレスをつけ／プラスチックの唇に紅を差し／マネキンは熟れもせず萎びもせず／着せられた服を着たまま／どこを示すでもなく／示された方向をいつまでも指差し／とある街角の／洋品店のウインドウの中に立っている（中略）／疲れませんかその手／だるくありませんか開けられっぱなしのその目／おお／考えることを拒絶された物体の岸辺で／あなたは姿成さしめられ／私は／考えにふけるとき空ろになった肉体に／ふと／あなたと同じ表情を見るのです

（『第一日の孤独』「マネキン」部分）

人形とマネキンについての鋭い観察力に驚く。それらの姿を自分の現実に重ね、どんなに姿形が美しく魅力的でも、所詮は血の通わない物体。彼らが自分の意思で何かを始めたり、お互いにこころを通わせることはない。ハンセン病療養所での日常の中に置かれている自画像がそこにある。そういう療養所生活の実態を、「飼いならされた動物のように」「生きているのか／死んでいるのかわからなくなる」と語っている。

小さな島の療養所で／もうすぐ三十七年目の夏を迎える／強制収容をした国家／不当な差別をする民衆から／遠くはなれた島の囲いの中で／飼いならされた動物のように／ただ静かに暮らして来て

（『いのちの宴』「静かに」部分）

かいこのように／与えられたものを食べ／何もしない／何もしないのがあたりまえのここにいると／生きているのか／死んでいるのかわからなくなる／／この療園の昼

（『不明の花』「療園の昼」部分）

小さな島の療養所に隔離され、生気を失った人形のようになった自分の姿。自由に羽をのばして生活を楽しみたい夢とは裏腹に、「たがのはずれた桶のように」「籠の中のおおむ」のようになってしまった現実を繰り返して述べている。

私は／周囲六キロの島の中で／友達の寮へ行ったり／浜辺へ出て／浜昼顔の花にさわったり／砂をすくってみたりして／歩きたいという欲望を慰撫している／山野をしっくした動物園の動物／車で楽しんだ私の旅／遠い夢の国は体の中にあって／社会復帰もできず／囲いの中をぐるぐるまわることは／きりのない長い長い道のり／この道は終わりませんよ／終わりませんよとささやく／暗いかげに向かって／たがのはずれた桶のように／怒りを忘れた私が／いとも／無邪気に笑っている

（『見えてくる』「たがのはずれた桶のように」より）

養われている身を／ただぼんやりと寝ころんでいる（略）ありがとうすみませんと／日に何度言うことだろう／もうずいぶん長い療養生活だから／籠の中のおおむより／礼の言い方はぐうんとうまくなっている（略）／そして／後《うしろ》をむくと／ぽろぽろと二、三滴の涙が／こぼれるのだった

（『時間の外から』「後をむくと」部分）

この『時間の外から』（一九九〇年）には、同じような内容の「蝶」という詩がある。さらにこの詩集の「後記」を引用して、この詩集刊行の事情を書いた塔さんの当時（六十一歳、入所生活四十八年）の心境を読みとりたい。

蝶

私は
生きるために味わう危険や冒険に
身をさらしてかちとる
熱い美しい
力のようなものを失ってしまって
なにかちょっとちがった世界にいる
　これは本当ではないのだ
これはなにかがちがうのだと思いながら
そこで
　本当のように生きている
こわい顔をして
ときどきなにかがのぞく
　それは

気付いていますね
気付いていますねとつぶやく
そして
気付かぬふりして
ほんとうのように生きるしかない私から
ときどき
青い蝶のようなものが
飛んでゆく

（『時間の外から』より）

「後記」

私達人間の大人は、働いて日々の生活の糧を得て暮らしているというのが、ごく普通のこと。いやあたりまえのことなのです。でも私のように長年療養生活をしているものは、国によって養われているので、働くこともなく、したがって生きるために味わう、危険や冒険に身をさらしてかちとる、熱い美しい力のようなものを、いつのまにか失ってしまって「蝶」という詩の中にありますように、なにかちがった世界にいて、それでも幸か不幸か、普段はそんなことさえ忘れて、あたりまえの尋常な生活であるような錯覚の中でこころよくさえ暮らしているのです。

しかしこれは、考えてみればとても恐ろしいことで、自分の裁量で生きるすべを失ってしまっている私達療養者は、このままぽいっと、どこかの都会へでも投げ出されてしまえば、全く生きて行けないような事態になっているのです。

でも私は、そのことに気付いているということがとてもこわいので、気付かぬふりして生きるしかない自分に、まともなのだと言えないことを、さみしがりながらも、まとものように生きているのです。そういう状態の中でこの作品は産まれました。（後略）

「あたりまえの尋常な生活であるような錯覚の中でこころよくさえ暮らしている」。でも、そのことに気付いていることがこわいので、気付かぬふりをして生きるしかないという深い自覚と率直な告白に、塔和子の真剣な生きる姿勢を感じる。そういう療養所での生活は、人間としての基本的な自由が失われている。そこから塔和子の人間の内面への洞察が始まるのである。

5　いのちの根源を見つめて

自分はいったい何者か。自分はどこから来て、どこへ行くのか。何のために生まれ、どこに向かって生きているのだろうか――このような人生の課題については、誰でも考える問題である。それは哲学的、宗教的な問いかけとして必ずぶつかる課題であり、自分の人間としてのアイデンティティ（自己の存在根拠）である。

ハンセン病を病んで強制隔離され、療養所という囲いの中で自由を失い、人権を奪われた者して生きることを余儀なくされた現実。かつてある入所者からこんな話を聞いたことがある。

ハンセン病患者が生きる人生は次の四通りがある。①被害者意識―自分がなぜハンセン病になったのかを真剣に考える。②諦める―こうなったことは仕方がないと受けとめる。③宗教による克服―ハンセン病になったことによって、神（仏）を知ることができ感謝している。④ハンセン病（らい）を糧として生きる―ハンセン病はメシア（救い主）である。ハンセン病を病んだ人びとの意識をそう簡単に分析することはできないが、教会関係の方々との交流の多かった私には、どちらかと言えば③のように受けとめている方が多かったと思う。④のように受け止める人はどうだろうか。栗生楽泉園に在住し、重い後遺症があった故・桜井哲夫さんは、生前から「ハンセン病（らい）はメシアである」と明言しておられた。それは極限状況の中にいて、私たちには到底到達しえない高い次元での生存告白だったと思う。

塔和子さんは、詩人としてその文学的表現によって、「生きる意味」を追究した。差別・偏見による苦しみを直接語る域を超えて、繊細な感性によって人間存在の根源を問うた。それが塔和子の詩作のコンセプトになっていると思う。塔さんの目は、生きとし生けるものに注がれた。その源を問いかける次のような詩がある。「在る」「母」「領土」「音」「青い炎のように」「記憶の川で」「糸」など。

在る

出会いがないとき
鳥は孵らず魚は孵化せず
果実はならず獣は生まれず
人は誕生せず
すべての生物はいっときの現象で
はじめの無へなだれる
　父と母が出会わなければ
無かった私
長い髪毛をなびかせ
優しい手足をのばし

五月の鯉のようにぴちぴちと歩く
鳥も獣も
その父母の
その父母の
始祖なる出会いを重ねて在るいのち
　くらい羞恥と誇りをもって
無限の一角に
厳然と位置するもの
いちぶのあやうさも
ゆらめきもない
この
在るというすべての現象は
無の深淵から
静かに見つめられている
（『日常』より）

「父と母が出会わなければ／無かった私」は、「その父母の／その父母の／始祖なる出会いを重ねて在るいのち」で、「無限の一角に／厳然と位置するもの／いちぶのあやうさも／ゆらめきもない／この／在るというすべての現象は／無の深淵から／静かに見つめられている」。どんな状況にあろうとも、誰が何と言おうとも、塔さんにとってそのいのちは「厳然として、いちぶのあやうさも、ゆらめきもない」厳粛なる不動の存在なのである。いのちのつながりとか血縁というものを遮断されて、療養所という囲いの中に隔離された者にとって、この「生存宣言」は絶対無比なるものであろう。「青い炎のように」という詩でも、虫のいのちが何代も繰り返されている「いのちの連鎖」を詠っている。

青い炎のように

あの声は
去年の虫の子供だよ
そして
ずっとずっと太古からつづいているものの流れだよ
私達がいまこうしているのと同じに
幼虫

蛹
そして
あんな美しい声の主になる
いま虫は
虫である証しに鳴いて産んで
ただひたすらに虫であろうとするだけ
何代も何代も虫であった
何代も何代も虫である虫が
何も言わずにすごした時間をになって
いま青い炎のように鳴いてる

（『記憶の川で』より）

虫たちが生き続けていることの「いのちのリレー」を繰り返して語る塔和子の詩は、いのちの流れを垂直的にとらえて、その源を見ようとしている。その詩においては、いろいろな動物や昆虫、樹木、草木、花などを挙げて、それらのいのちを自分のいのちに重ねて、その意味を問いかけている。

次の「音」という詩。「いのちの音」とは、何代も続いていると言った「虫の鳴き声」と同じような意味合いで、ずっと元の元なる所から流れている「いのちの連鎖」の音であろう。

音

私には聞こえるのです
私の奥深くあって
静かに流れている
　いのちの音が

私がまだ初まらぬまえから
　初まっていたいのちの音
座っていると
その音は
永遠の宇宙から
　愛《かな》しく哀《かな》しく
　私の皮膚に包まれて

こだましせまってくるのです

そして
私は
かまきりのような
さびしい目をして
じいっと
それをきいているのです

（『不明の花』より）

私はこの詩の最後の六行に注目した。「かまきりのような／さびしい目をして／じいっと／それをきいている」という表現。かまきりの目は逆三角形の顔で、常にこちらを睨んでいるかのような大きな複眼を持っている。両脚を折りたたんだ状態で、じっと待ち伏せし、小型の昆虫や小動物を捕らえて食べる。前かがみになって獲物を狙うような感じで、聞こえてくるいのちの音をキャッチするかまきりの姿勢が面白い。一生懸命に生きているいのちの現実と向き合っているのである。

自己のいのちを見つめる詩として、一九七六年に発行しH氏賞にノミネートされた第四詩集

『第一日の孤独』に収録された「領土」を取り上げる。塔和子の代表的な詩のひとつである。塔さんは二〇〇四年一月に「四国新聞」掲載の、「命の根源―深く思索」という記事の中で次の六編の詩を自選してあげている。「脱皮」(『はだか木』)、「領土」(『第一日の孤独』)、「花」(『愛の詩集』)、「鯛」(『未知なる知者よ』)、「胸の泉に」(『未知なる知者よ』)、「師」(『未知なる知者よ』)。

領土

生と同時に
死を産みおとしたことに気付かないで
からになった母体は
満足げに離別を見る
けれども死は
生よりも早く手を受けて
いつか支払わねばならない
死の手形である生命を受けとるのだ

母

ほのぬくいふるさと
混沌の中で
私という実体を
林立する生の向こうの死の中へわけ入らせたもの
生きてあることの
ほのぬくい息とやわらかい肉体と
握り合う手にあつい感動を見ても
物体のかたさを見抜けないでいた
あの優しいもの
でも差し出された手は
肉と骨と少量の血と
切りおとしたら
ゴムの手と同じ重さでぼろりと落ちる物体
死の参与からはずされている生命はどこにもない
秋のするどい陽の中で

私を受け取った死の手と
踏みごたえのある大地と
荘厳に蘇るあの一瞬
産褥で交された
生と死の調印が
鮮やかに占める
領土は私

（『第一日の孤独』より）

初めてこの詩を読んだときは、難しいと思った。運命的な生と死の出会い、「生命は死の手形」という生と死の緊張関係が表現されている。「生と死の調印」によって誕生した新しいいのち、ここでもその「調印の連鎖」が起きている。この詩が収録された第四詩集『第一日の孤独』の著者の後記を読んで、この詩の意味がよく理解できた。

私にとってこのかけがえのない一回きりの生は、遠い始祖からの血の流れの中で、生まれ死に生まれ死に、際限もなく受けつがれて来た、ひとつぶの胤によって在らしめられ、また歴史の中へ流れ去って行く生存への時間の中の、一小単位の時間帯の中にあるにしかすぎません。そして私にとってこの貴重な生は、その生を得た瞬間からすでに死が約束されていて、死までの距離をこのばくとしたものながら向こうに見える死の不安「産褥で交された生と死の調印が鮮やかに占める領土は私」と「領土」という詩の中で記しましたように、産まれたと同時に、このぬきさしならない運命を自分の中にもって、ひとり歩んでゆかなければならない生の孤独を背負わされたものとして、その生誕の第一日から人が背負って生きている現実を見つめることによって、日々の生活の中から産まれ出た作品です。（「後記」部分）

塔さんが同人だった詩誌「黄薔薇」の主宰者、詩人・永瀬清子は、この詩集の跋文で「その詩が病者の域をはなれ、人間そのものの深淵にふれようとしていることは、彼女の資質に根ざしている所でもあり、すでにごく初期の時代から私には感じられていたところでした。（中略）〈産褥で交された／生と死の調印が／鮮やかに占める／領土は私〉と結ばれた言葉の中にあざやかに示されているところのものですが、それは冷たく悟られた思想ではなく、むしろ死は一層生にみずみずしさと暖かさ、惜しさと美しさ、を与えるものであり、死こそ生を切実に彩るものと云えるのです。（後略）」と述べている。

「かけがえのない一回きりの生は、遠い始祖からの血の流れの中で……際限もなく受けつがれて来た」とあるが、第二詩集『分身』(一九六九年)の中でも最も近い血筋である母との関係について、自らの出生のドラマを描いている。

母

母よ
生い繁る一本の果樹よ
その繁りの中に宿り
あなたの幹より与えられて
甘く熟した果樹の裔です
　目をつむると
　私の底の底に
　花ひらく郷愁の宮があり
　あなたの中に私の心がかえって行きます
母よ
私とあなたの

なれ合いの秘密な部屋の神秘を
私が破ったあの日から
あなたと私は
無限の空間にとりかこまれ
互いの皮膚の外側で
互いの距離を見つめながら
埋めようのない
個と個の
きびしい離別をもてあました
長い忍耐の時間でしたね
でも
もうこうしてあなたは
私の手の中に置かれた
一本の軽い骨

母よ

静かに眠る
老いたる朽木よ
人類の元の元なる
肖像よ
あなたは土の下にかくれ
私の中に生き残る
ひとつの核です

（『分身』より）

そのいのちは、「その父母の／その父母の／始祖なる出会いを重ねて在る」（『日常』「在る」）もので、あの「青い炎のように」の詩に当てはめると、「何代も何代も虫であった／何代も何代も虫である虫が」（虫は母）と言い換えられる。つまり人類の元の元なるいのちの源が、塔和子の中に「核」として生き続けているという意味であろう。

塔さんは一九九九年に、第十五冊目の『記憶の川で』で、第二十九回高見順賞を受賞した。塔和子の詩の価値がこの賞によって高く評価された。選者たちの審査で、そのポイントの指摘が「奥」「深部」「本質」など、いずれも共通している。「樹木―高見順文学振興会会報ＶＯＬ

17」より引用。（傍点は筆者による）

「どの頁を開いても、『在る』ことを静かに見つめようとする眼差しに打たれる。その眼差しの呼びさます感覚、思考を素直に、飾らずに表わそうとする言葉が、透明に、ひっそりと流れている。（中略）ここには、或る生の奥から汲みあげられた詩の原初的な力とでもいうべきものが、ひそかに鼓動している。それは古さも新しさも超えるのである。」（菅野昭正）

「この度の詩集ではいのちをみつめる視線がいっそう明晰に生の深部に届いているのを感じた。（中略）自分のいのちを生ぐさいと捉え、永劫枯れることのできないさびしさを刻んでいる。その一方で詩の中に果実、草花、魚、虫、木の葉、樹などがしばしば登場する。それらのいのちと自分のいのちを照応させて、いのちの懸命さ、香り、ほの暗さ、華やぎを歌っている。」（川崎　洋）

「この詩集の作者は、自分の感受性のうち震える尖端を、内視鏡のように敏感に操りながら、自分の本質から湧き出てくる言葉をくり返し追求し、書きしるし続ける。生きている瞬間〳〵の貴重な『生』の実感、それを掌のうちにそっとくるみこみ、唯一の素材である言葉によって、それに確かな形と実質を与えること—そこに塔和子が詩を作る唯一の理由があろう。」
（大岡　信）

6　詩は私の分身

塔さんの詩をさらに深く味わいたいと思う。二〇〇六年に再版された『不明の花』（海風社）の「あとがき」に次のように述べられている。

作品は私の命です。今読み返してみても作品への熱い思いが伝わってきます。書くこと、それは自分を高めることであると同時に、自分を暴くことでもありますが、飽きることなくそのことを繰り返してまいりました。高めることは尊いことであり、暴くことは厳しいことです。しかしながら、暴かなければ本質を書くことはできず、高めなければ進歩することもありません。私は一筋にペンのおもむくところを書き記しました。読者の皆さん、私の命を覗いて見てください。きっとあなたに呼びかけるでしょう。その時振り向いてください。送信した私の電波を受信して、素晴らしい出会いが生まれるでしょう。それから作者と読者が一体であることを知るでしょう。

「私の命を覗いて見てください」とは、いかにも塔さんらしい表現だが、第二詩集『分身』の冒頭の詩「分身」を引用する。

分身

掘り起こされた土くれのように
繁る八月の緑のように
夜の獣のうめきのように
生々しく息づいているもの

もぎたての野菜のように
釣り上げた魚のように
雨後の風景のように
初々しい開放感をもたらすもの

乳房のように隆起し
蕾のようにふくらみ
満ちてくる潮のように
しなやかに充実した先端をおし広げてゆくもの
言葉
それによって組み合わされるひとつの形態
現れたものだけが
美しいのではない
すべて内側からふくらみ
満ちあふれる必然によって
押し出されるもの
それ故にいとしく
それ故に意味ある
私の分身

整然としてリズミカルに、詩の表現者としての深い思いが述べられている。「生々しく息づいているもの」「もぎたての野菜のように」「乳房のように隆起し」「蕾のようにふくらみ」「満ちてくる潮のように」――その表現がいきいきとして生命感に溢れている。そして、そのように表現した最初からの十二行のすべてが「言葉」にかかっている。全行の中で「言葉」と「分身」ということばに、この詩の二つの核のような存在感がある。そのことは、この詩集の「後記」に呼応する。前述の『不明の花』の「あとがき」と似ているが、内容的はさらに強烈で、ここに詩人・塔和子の揺るぎない姿勢が感じられる。

私にとって、この現実はすべて詩を産むための母体でした。苦しいときは苦しみを養分にして、悲しいときは悲しみを養分にして詩をみごもり、まるで月満ちて産まれ出る子供のように、ひとつずつひとつずつ作品が生まれました。その意味で詩は正に分身です。けれども書くことは常にきびしく、自分を高めることであると同時に自分をあばくことであり、美も醜もふくめて生存をあばくことです。書くとき私は、いつも高められるものであると同時にあばかれる存在でした。私という一個の存在は、ペンというメスであばかれ、さらけ出すことによってしかその存在を明確に示すことができないのです。そして、その示されたものにおいてのみ、詩人としての生命があり、示さなければすでに私は死体にひとしいものです。

詩作を始めて十一年目の四十歳で書いたことばである。第一詩集『はだか木』を出してから八年、ずいぶん力んだ表現のように感じるが、この間に塔さんがどのように努力して詩を紡いだか、「ペンというメスで、美も醜もあばきあばかれる」悪戦苦闘の日々を想像する。「母と子供」という人間関係がどのようなものであるか言うまでもなく、塔さんにとって「詩」は、お腹を痛めて産み落とした分身なのである。真剣勝負で詩作に向き合っている姿がそこにある。

永瀬清子は、先にあげた『第一日の孤独』に寄せた跋文で、「彼女の詩はどこの一行をとっても彼女の全力が出ていて、おろそかに書かれている所はすこしもありません。しかもその柔軟さ、それが私をおどろかせるのですが、今一つ、彼女が生活のすべてをかけて詩にむかっている事を云いたいのです」と述べている。

7　いのちの尊厳をうたう

塔和子の詩集全体に一貫して流れているものは、「いのちの尊厳」というテーマだと思う。塔さんの詩が詩壇の人たちに注目され始めたのは、第二十四回H氏賞の次席になった第三詩集『エバの裔《すえ》』(一九七三年)からだった。この詩集のタイトルになっている「エバの裔」の全行と詩集の「後記」を読んで、作品と著者の意図を学び取りたい。

エバの裔

泉の目
苺の唇
杏の頬
風に吹かれる五月の草のやわらかい髪
雌鹿の足
鬼百合の雌蕊の細い指
新鮮な野性のにおいに包まれた女の
持ってきたものは
一匹の蛇
ひとりの天使
女は
いつも愛らしく清らかで
誇りにみちていたが

蛇の暗示から抜け出すことができず
疑惑や悔恨や欲望の間をさまよいつづけた
女は昼と夜とを共に抱き
知性と本能に身をほてらして
不可解な魅力に輝く
咲き乱れた矛盾の花園
女
その優しいもの
強いもの
罪深さの故に魅力あるもの
私は
この美しいひとりの女を住まわせている
住居

（『エバの裔』より）

「後記」

旧約聖書、創世記三章には、人類のはじめの人アダムとエバが、蛇にそそのかされて、神が食べることを禁じていた知恵の木の実を食べるさまが記してあります。

「へびは女にいった。〝あなたがたは決して死ぬことはないでしょう。それを食べると、あなたがたの目が開け、神のように善悪を知る者となることを、神は知っておられるのです〟女がその木を見ると、それは食べるによく、目には美しく、賢くなるには好ましいと思われたから、その実を取って食べ、また共にいた夫にも与えたので、彼も食べた。すると、ふたりの目が開け、自分たちの裸であることがわかったので、いちじくの葉をつづり合わせて、腰に巻いた。」といった劇的な場面が描かれていますが、いまや人間の知恵は、試験管の中で子供を作るというようなことまで不可能ではないといわれるほどに、全く神の領分をおかすほど発達してきましたが、あそこで、人間の目のひらかれたこと、すなわち、人間が善悪を知り、羞恥や疑惑や悔恨や欲望や存在の不安の中で苦悩しながら生きなければならなくなった不幸を、「エバの裔」として受けつぐ現代の人間の中のひとりとして、その不安のよってくるところを見つめずにすごすことはできません。

この一冊の詩集の中にどれほどそのことを詩い得たかは不明ですが、私は私なりにひとつの課題をまさぐって見ました。と言ってもこの詩集に収めました詩は必ずしも始めから「エバの裔」というテーマをかかげて書いてきたものばかりでもありません。

しかし、知恵の木の実を食べて目の開かれた人間、「エバの裔」として、また、いくぶん文学にたずさわったために知恵の木の実を食べすぎたかもしれない私は、知ることの感動や、創ることのよろこびや、無から有をあらしめることの不安や苦しみをも背負って、いっそうエバの裔であることの痛みを身に近く覚えるものとして、そこから書かれた詩はやはりエバの裔という主題のもとに読んでいただいてもいいものだと考えます。(後略)

一九七三年三月十五日

海温む青松園にて　塔　和子

旧約聖書「創世記」第三章は、いわゆる「楽園追放物語」とか「堕罪物語」と言われている神話物語である。創世記は物語であって、歴史的事実をそのまま書いたものではなく、何かを語ろうとする目的を持って書かれた文書である。つまり、神とは何か、人間とは何か、神と人間の関係はどういうことかなど問いかけ、この世界の存在や人間の生きる意味を語っている。塔さんが詩作の素材として用いた物語は、「善悪の知識の木」の物語として有名である。神に造られた最初の女性エバ(ヘブライ語で「生命」という意味。英語的はイブと表記)が、蛇に誘惑されて神が食べることを禁じている「善悪を知る木」の実を食べて、しかも夫のアダムもエバに誘われて食べてしまう。「善悪を知る」という意味は、究極的には全能者である神にのみに属する「知識の全部」を知ることを意味し、神の領域を侵し、神のようになろうとする「自己神化」の行為である。そこに人間の神に対する罪の起源があるとする物語である。しかし、そのことは人間が神にそむき、罪に陥っている現実の姿を問いかけるところから作られたドラマティックな物語である。

「私は／この美しいひとりの女（エバ）を住まわせている／住居」とうたう塔さんの詩。前述したように、ハンセン病療養所という囲いの中の日常、それはいわば飼い慣らされた楽園の日常であった。

中野新治氏（梅光学院院長）は、この詩について次のように解説している。

「社会から隔離された療養所とは、いわば倒立した楽園です。そこには、罪の世界である世俗から病いに犯された者達が追放されてやって来ます。彼等の病いはその不条理ゆえに彼等を罪なき者とし、それゆえの安逸と無為と思考停止が強制的に許されるのです。……塔は、この無罪の眠りを眠ることを拒否します。彼女はこの強いられた楽園で目覚めたまま さまようことを選ぶのであり、知恵の木の実は味わい尽されなければならないのです。……」

（塔和子『いのちと愛の詩集』解説「塔和子の人と作品―倒立した楽園に住んで」より）

「あたりまえの尋常な生活であるような錯覚の中でこころよくさえ暮らしている」（『時間の外から』「後記」）塔和子は、ハンセン病療養所という楽園の戒律（禁断の木の実）を破って、あえて罪を犯し、「倒立した楽園（療養所）」（中野新治）からひとりの人間として独立するのである。森田進氏（恵泉女学院大名誉教授・詩人）は、「第1詩集『はだか木』以来、19冊の詩集は、すべて『女は昼と夜とを共に抱き／知性と本能に身をほてらして／不可解な魅力に輝く／咲き乱れた矛盾の花園／女』（「エバの裔」より）という、向日的なまっしぐらな自我を確立するためであった」と評している（「愛媛新聞」二〇一三・九・八「塔和子さんを悼む」より）。神の戒めを破って、初めて「エバの裔」、女の原形としての自己があるという逆説の人間宣言である。そこに、自己の存在の根拠を凝視して宣言する塔和子の自立と矜持、尊厳がある。特に印象深い数編を引用する。

木

むしばまれた葉があったので
この木はいかれたのだと信じられてしまった
それで
その木は
ごみや汚水をかけられて

いつも傷口から樹液をしたたらせていた

木は
されるままになっていたから
弱いと信じられた木について
風景はいつでも冷たく
残酷になることができた

木は
追いつめられたので
空間をひろげることしかできなかった
でも
季節はうすいまくをはがすように
やがて
繁る季節から凋落の季節へと移って行った
蓑虫が

臆病そうな目を
出したりひっこめたりしはじめた頃
木は
それらむしばまれた葉の
虫の家をぶらさげて
ゆうぜんと立っていた
それは
木の愛であった
木の復讐であった
木の武器であった
木は
ただ木であることによって美しかった
むしばまれていなかった木について
人々はもうふりかえらなかった
何事もなかったように
静かな風景の中に

一本の樹が
そびえていた

（『分身』より）

「ごみや汚水をかけられ、弱くていかれた木」と信じられて、冷たい風景の中に立っていた木。それはハンセン病を病んだ人びとの姿を指しているのかもしれない。塔さんが生きていた現実を表現している詩と受け取ることもできる。いや、この木は塔和子自身の姿であろう。どんな状況に置かれても、人が何と言おうとも凛として立っている木。そんな木を「ただ木であることによって美しかった」と言い切る。ただの木であること―ありのままの「はだか木」の姿、そこにこそ木の尊厳がある。「裸」（『分身』）という詩では、「着ているものや／着せられたものは脱いでやれ／着たいと思っているものだけが美しい／そして私は／いつも裸だ」と詠っている。

病室のベッドに横たわり小さくなって、言葉も言えなくなった晩年の塔さん、そのありのままの不動の姿、私はそんな等身大の塔さんが好きだった。ベッドの上の塔さんは、何も発していないようでも、悠然と立っている「塔和子という木」の威厳があった。

一匹の猫

私の中には
一匹の猫がいる
怠惰で高貴で冷ややかで
自分の思うようにしか動かない
その気品にみちた華奢な手足を伸ばして
悠然とねそべっている
猫はいつも
しみったれて実生活的な私を
じっと見下しているのだ
歩くときも
話をするときも
猫は決して低くなろうとしない
そのしなやかな体で
ちょっと上品なしなを作ると
首を高く上げたまま立ち去るのだ

私は
もっと汚なく
もっと低く
もっと気楽に生きようとするが
私の中の猫は
汚れることをきらい
へつらうことをきらい
馴れ合うことを拒絶し
いつも
気位い高く
美しい毛並をすんなりと光らせて
世にも高貴にねそべっている

（詩集『分身』より）

塔さんの詩の形態の特徴として、「私の中には○○がいる」という表現で、そのものに自分の性格や生き方を重ねている。例えば「灯」「うずまき」「豹」「貪婪な鬼」「一匹の野獣」「爬虫類」「邪悪な鬼」「キリン」「象」「鹿」「細い糸」「猿」「動物園」「兎」「虎」「牛」といった具合。この「一匹の猫」という詩は、猫の性格をよくとらえている。猫は種類によって性格が変わるようだが、基本的にはとても可愛く、甘えん坊で、優しい。しかし、本能的には野性的攻撃的である。肝心な時に人の言うことをきかず、身勝手でわがままである。そして、「気品にみちた華奢な手足」「決して低くなろうとしない」「汚れることをきらい／へつらうことをきらい」「気位い高く…高貴にねそべっている」というような性格の猫が、塔和子の中に住んでいる。自分を安易に譲らない主体性、独立性を見ているのである。そこに塔さんが言おうとしている「矜持・誇り」がある。

人も魚も／力や知恵の参与しないところで／子を産み／人は人になり／魚は魚になってゆく／道端の／いぬふぐりの花さえ／こう咲くように咲かされて咲いている／私はいまこのとき／こもごもの生命と共に／私であるより外にない私で在らされて立ち／見渡せば／ものみな／己れであらされている／己れを／誇らしげにかざしている

（『いちま人形』「自然のいとなみ」部分）

ああ人の林で／意識することなく／蜜をもつ花になりたい／豊かに魚を住わせている海に

なりたい／質のいい地下水を／たっぷりふくんでいる地面になりたい／作意もなく誇張もなく／見せかけもなく／花が花であることにおいて／海が海であることにおいて／地面が地面であることにおいて／おのずからもつ／魅力を／身のうちにもちたいのだ

（『不明の花』「人の林で」部分）

咲いたばかりのバラが／光をいっ身に集めている／近寄れば／あまい匂いをけむりのようにこぼして／細いくきの上にゆらりと咲き／自分の重さや美しさをもてあましている／棘と葉と／ながいながい苛酷な労役の果てに／ほんのひととき／こうごうしく現れるもの／ただ／このひとときの光明のために／バラの木はあって／いま／五月の太陽に輝いている

（『記憶の川で』「五月」部分）

「ものみな／己れであらされている／己れを／誇らしげにかざしている」（道端のいぬふぐりの花さえ！）「花が花で…海が海で…地面が地面であることにおいて／おのずからもつ／魅力を／身のうちにもちたいのだ」「ただ／このひとときの光明のために／バラの木はあって／いま／五月の太陽に輝いている」――人はもちろん、魚も道端の花も、海も地面も、そしてバラの木も自分のいのちを輝かせている。

塔さんと同年輩で（一九二九年生まれ）、元毎日新聞東京本社論説委員でエッセイストの故・増田れい子氏は、『世界』一九九九年五月号の巻頭言でこの「五月」という詩を取り上げ、「闇を切り拓いてきた詩人の世界はバラの光に満ちている」と評している。同じ『記憶の川で』に収録された「バラの木」は、「薔薇の宣言」とでも言うべき表現を重ねている。愛と美と清純を示す究極の花、ほうふつと匂うこの薔薇に「誰もよるな」と拒絶する言葉は、誰にも侵されない人間の尊厳を象徴している。

バラの木

ひとところは
つややかな線
すべすべのくきにくっついた棘
いまクリーム色の花をつけた一本の薔薇の木
咲いたばかりの清らかさ
数少ない高慢な緑の葉
くきを鎧ったたくましい棘

そして
薔薇である誇らしさ
薔薇であるさびしさ
薔薇である幸
薔薇である不幸をもって薔薇である

誰もよるな
このうちなる矛盾にさいなまれ
棘に守られて
ほうふつと匂う薔薇に

（『記憶の川で』より）

8　言葉でたたかう抵抗の詩

塔和子の詩には、直接的にハンセン病問題を取り上げたものは少ないと前述したが、改めて全詩集を熟読すると、多くの詩が社会性を帯びていることが分かる。私は今、そのような詩群を「抵抗の詩」とよんでみたい。「らい予防法廃止」や「国家賠償請求訴訟」運動のために、前面に出て行動を起こしたということはないが、詩人として言葉を通して闘ったと思う。
その代表的な詩のひとつに、次のような詩もある。

季節の端

偏見と差別の／闇の中からしか／この強靱な団結は生まれなかった／どこにも出口のない地獄でしか／あのらい予防法という／悪い風の音を消す運動を／形にすることはできなかった／凍るような心の洞穴とひきかえに／私が手にしたもの／それはらいが癒えるようになったということ／鬼の涙のように／もゆるもの／冴え透った光／それなしにあり得ない私／鬼よりあらい息をして／人権無視の悪法にたちむかう／日暮れて道遠しとか／季節の端に立っている／この熱いものたち

（『見えてくる』より）

また、塔和子の詩が各紙新聞のコラム欄等で度々引用された。その詩の内容が、社会に対するメッセージ性を持っているからだ。新聞報道の中からいくつかの記事を引用したい。

珍しい記事としては「東京新聞」（一九九六年五月二日）に、「らい予防法の廃止に思う」と題しての感想が掲載された。「私たちが長い間、切実に念願してきた『らい予防法』という法律の廃止が、四月一日に実現しました。私たちはこの法律によって強制収容され、ひとりの人間としての自由も権利も奪われて生きてきました。したがって私たちはいま、明るい夜明けを感じています」という書き出しで、自身の生い立ちと入所生活、さらに詩作を生き甲斐としたことなどが綴られ、『愛の詩』から「レモンスカッシュ」の詩を引用して、「人間というものは、どんなきびしい状況におかれていても、恋もすれば憧れも持ち、決して辛い涙ばかりで終わるものではありません」と結んでいる。

また朝日新聞の「天声人語」には、五回掲載された。

①二〇〇四年十月十四日―集団で自殺を図る若い世代の人たちのことを取り上げ、塔和子の「餌」(『希望の火を』)の「そして私は/今日から/明日という餌に/食いつこうとしている/一尾の魚」というフレーズを引用し、死を選ぶ若者に対して、生きるために「明日という餌を見つけることができないのか」とアピールしている。

②二〇〇五年十月二十六日―戦前、日本が植民地支配していた時代に、韓国と台湾に造ったハンセン病療養所に収容されていた人たちが、国の補償を求めた裁判で、元患者たちの訴えを認めなかった判決をめぐって、「いのち」(『いのちの宴』)という詩から「……笑い泣

き／しなやかに飛びはね／すいっと立ち／どんな精巧な細工師の手になるものより／美しい／いのち／この微妙に美しくもろいもの／私も他者も／この神秘な／命の圏内にあり／そこからはみ出ると／忽ち／物体」という部分を引用し、「美しく、そしてもろい、ひとつひとつの命に、違いは無い」と結んでいる。（注＝この裁判は二〇〇六年二月に「改正ハンセン病補償法」が成立し、全員に補償金が支給された）

③二〇〇九年六月二十日―「脳死は人間の死なのか、どうか。臓器移植法の改正をめぐるニュースを読みながら、塔和子さんを思い出した。ハンセン病療養所から、『生きていること』の意味と輝きを紡ぎ続けてきた詩人である。その『領土』という詩は、〈生と同時に死を産みおとしたことに気付かないで からになった母体は 満足げに離別を見る〉と始まる。人が生まれるとき、生とともに死にも領有されているのだと、自らになぞらえて詩は続く」と書いて、脳死問題を問いかけている。

④二〇一三年八月三十日―全文で塔さんの死を追悼する内容。この中で「師」（『未知なる知者よ』）、「雲」（『いのちの宴』）、「胸の泉に」（『未知なる知者よ』）の三つの詩を引用し、「かつてハンセン病は『天刑病』などと呼ばれ、無知と人権侵害は近年まで続いた。塔さんの詩

は、澄んだ水を湛えた底に、この病への恥ずべき差別史を映してやまない……紡いだ詩は千を超える。自身の言う『生きた証し』を残しての、静かな旅立ちだったという」と、塔和子の詩を高く評価する追悼文だった。

⑤二〇一四年五月十九日—塔和子の名前で島の納骨堂に納められた遺骨が、故郷・愛媛の父母の墓に分骨され、その墓石に本名「井土ヤツ子」の文字が刻まれたことを報じ、「かつては多くの患者が療養所で名前を変えた。ハンセン病ほど偏見にさらされてきた病気はない」と述べている。そして、偽名と本名の「二つの名前のはざまを今も、多くの元患者の『怒りと悲』が流れている」と読者に訴えている。

以上のように、「自殺」「裁判」「臓器移植」など、いのちに関するニュースで塔さんの詩が取り上げられたところに、塔和子の詩に社会性がある証左である。

ここで塔和子の詩で、詩人たちが高く評価する二つの詩を取り上げたい。『未知なる知者よ』に収録されている「鯛」と「嘔吐」である。

鯛

それは／生き作りの鯛／ぴいんと／いせいよく尾鰭を上げて／祝いのテーブルの上で／悠然と在りながら／その身は／切られ／切られて／ぴくぴくと痛んでいる／人々は笑いさざめきながら／美しい手で／ひと切れ　ひと切れ／それを口へはこんでいる／やがて／宴が終わるころ／すっかり身をそがれた鯛は／すべての痛みから／解放されて／ぎらりと光る目玉と／清々しい白い骨だけになり／人々の関心の外で／ほんとうに鯛であることの孤独を／生きはじめる

（詩集『未知なる知者よ』より）

この詩は、塔さんが弟さんと和食を食べに行った時、鯛の活け造りを注文したことがきっかけで出来たそうだが、その内容は強烈である。身をそがれた鯛の孤独、目玉と骨だけにされてしまった一尾の鯛―自分をそのように表現せざるをない現実をリアルに描いている。活け造りの鯛に自身を重ねて、悲惨な被害者をイメージするこの詩は、実は悲惨な現実と向き合う塔和子の抵抗の詩であると思う。「ほんとうに鯛であることの孤独を／生きはじめる」という決意の告白に、その強い意志を感じるからだ。この詩をさらに鋭く深めた「嘔吐」という詩を読んでみたい。

嘔吐

台所では
はらわたを出された魚が跳ねるのを笑ったという
食卓では
まだ動くその肉を笑ったという
ナチの収容所では
足を切った人間が
切られた人間を笑ったという
切った足に竹を突き刺し歩かせて
ころんだら笑ったという
ある療養所では
義眼を入れ
かつらをかむり
義足をはいて

やっと人の形にもどる
欠落の悲哀を笑ったという
笑われた悲哀を
世間はまた笑ったという
笑うことに
苦痛も感ぜず
嘔吐ももよおさず
焚火をしながら
ごく
自然に笑ったという

（『聖なるものは木』より）

人間の本質を鋭く突いたこの詩は、直接ハンセン病という表現はないが、強制隔離を国策とした「らい予防法」の非人間性をきびしく問いただしていると思う。その強い思いを感傷的に述べるのではなく、客観的に抽象化しているところに説得力がある。「笑ったという」という表現を七回繰り返しているが、悲しみや痛みと向き合いながら、そのことに「苦痛も感ぜず、嘔吐ももよおさないで、笑っている」人間の無神経さ。他人の理不尽な出来事を、まるで楽しむかのように笑いながら見ている人間の恐ろしい本性を、鋭く見抜いている。
この詩について、『命いとおし　詩人・塔和子の半生—隔離の島から届く魂の詩《うた》』を著わした（二〇〇九年二月、ミネルヴァ書房）安宅温《あたかはる》氏が、「不条理をうたう」としてカフカの『変身』を引用し、虫になったザムサの受けた不条理がハンセン病を患った人と似ていると解説し、「見たくない状態に陥った人間は、囲いに入れて、目障りにならないようにする。その上、身体的欠陥を世間の笑いものにし、隔離された人たちがいかに恐ろしい伝染力を持っているか、しかも遺伝するかもしれないことを喧伝して恐れさせれば、隔離と差別が完璧に成立する。しかし、和子はたとえ身体は虫同様に扱われても、人間として尊厳ある自由な魂を持ち続けたのである」と述べている。

今年（二〇一五年）の四月、東京で活動している「うみのて」というロックバンドの代表者・笹口聡吾《ささぐちそうご》さんが、塔和子の詩「嘔吐」を歌ったCDを出したいので、著作権のことで相談したい、との問い合わせがあり、著作権を所有される塔さんの弟・井土一徳さんに連絡し、承諾された。彼がなぜ「嘔吐」をロックで歌うことになったのか、その経緯を聞いた。以前、テレビ放送で偶然塔和子さんのドキュメント番組を見て感動した。そこで塔和子の詩集を買って読み、この「嘔吐」に出合った。彼は塔和子さんを敬愛する詩人と言っているが、「言葉狩りの詩」という歌の中で、ギターを弾きながらのバンドで歌う。彼がうたう歌は、友人によると「人間の愚かさや無自覚さ、傍観、戦争、虚無、理不尽さ、さまざまな葛藤や問題定義が込められた歌の思いを象徴するかのように響く悲哀の歌」と言う。私はロックを親しんでいる訳ではないが、ロックが象徴する概念は「束縛からの解放（自由）」であり、不正な社会的束縛に対して素直に怒りを表明することだと言われる。そのルーツはアメリカの黒人たちにあり、奴隷としての虐げられた人たちが歌った抑圧からの解放、自由獲得を願う黒人独特の音楽が、ロックにつながっていった。そういう意味では、笹口さんが塔さんの「嘔吐」という詩に惹かれた理由が理解できる。完成したCDを送っていただいて聴いてみたが、ロック独特のリズムと音響を背景に、早口で語るように歌い、それはまさに叫びのようだった。

私は、「嘔吐」という詩が、今日の若い青年のこころをとらえたという事実に驚いている。これも塔和子の詩の力と言えよう。なぜならそれは、言葉という武器で闘う抵抗の詩だからである。

第二章

かかわらなければ路傍の人

モニュメント「風の舞」

1　かずならぬ日に

第一章の冒頭で、塔和子の詩の構造を垂直の縦軸と水平の横軸としてとらえると述べたが、ここでは塔さんが日常の中で紡いできた横軸の詩群を取りだして読んでみたいと思う。高松港から官用船で約二十分、周囲六キロの小島のハンセン病療養所。松の古木や種々の草木、花、瀬戸内の海と風、朝夕に出入りする天空の光。たまにこの島を訪問する人には、風光明媚の素晴らしいところに見える。確かに四季の変化がもたらす環境が、入所者のこころを癒したことだろう。しかし塔さんたちは、この小さな島で六十年、七十年も生きて来たのである。どんな日々が、どんな生活があったのだろうか。高見順賞の選者・大岡信氏は、塔さんの詩作の環境を想像して、「身のまわりの小さな生活空間以外にはほとんど出たこともないこの詩人の詩が、生きることの貴重さ、よろこび、その一期一会の感動を、より若い詩人たちの作よりもずっと正確に伝えてくることの〈新しさ〉」と評している。

大島の春（撮影・脇林清）

塔和子の詩の世界は広くて深い。その中にはいろいろな部屋があるのかもしれない。そしてそこにはさまざまなものたちが住んでいて、読者である私たちにメッセージを送っている。その部屋のひとつの「かずならぬ日々」の風景から、生きることの喜びや感動が伝わってくる。

かずならぬ日に

杏子の蕾が少しふくらんで
桃の芽が少し赤くなって
チュウリップの葉が少しのびて
マーガレットの花が咲いて
真白い洗濯物が干されていて
その
まぶしい陽差しは

あなたの肩と私の膝に
幼児が投げた白い毬のように弾んで
思い出と
希望の谷間の深い無を
樹々と私達が飾るひと日
こんなにもふくよかに在って
どんな風に記憶するてだてもない
どの日よりも和やかに在らしめられた日
ごく在りふれた花のようでいて
香り高くあふれるものを
満たしていたひと日

杏子の蕾がすこしふくらんで
そう
この
かずならぬひと日と

このように対《む》き合うまで
私達は
いくつの日と
いくつの月と
いくつの年がいったことだろう
そして
最も豊かな日は
忘れ去られるために光ります

（『第一日の孤独』より）

塔さん夫妻が住んだ家の庭先だろうか。ごくありふれた日常の風景。そこに植えられた花たちに暖かい陽光が射していのちが輝き、膨らもうとしている。美しく凛とした作品である。そしてこの風景のポイントは、その花園に「真白い洗濯物が干されて」いるところであろう。そこにある「かずならぬ日常」の現実感が表現されている。「洗濯物」という詩の素材で、他の「証」という詩を思い出した。

証

深い目で／今日生きていたのかと問われると／どうも生きてはいなかったようなのです／では／死んでいたのかと問われると／どうも死んでもいなかったようなのです／足跡を探しに出かけたけど／どこにもなかった／ふと暗い庭を見ると／洗濯物がひらひらしていて／やっと今日のアリバイを思い出した／私はたしかに／洗濯をして干したのでした／それはこの洗濯物がわずかに証明してくれます／信頼する私の神様／どうか／生きていたのだという証明書を／一枚だけ私に下さい／それがないと／私はこの過剰な時代に／うすいうすい／存在のかげさえ／残すことができないのです

（『エバの裔』より）

この詩は、ハンセン病療養所という囲いの中から出られず、生きることの実感を失いかけた人の暗闇と生き抜きたいという希望を表現している。先程の詩の「花園」とこの詩の「暗い庭」との違いはあるが、「洗濯物を干す」という日常性が「生きていることの証」となっている。

「ああ、洗濯物」というか、ごく普通でありのままの「かずならぬ日の風景」こそが大切なのである。瀬戸内のさわやかな潮風に吹かれて、軒下に干した洗濯物が乾いている。そんな一日の始まりが、「朝」という詩に詠われている。

朝

山鳩の声
人の声
蟬の声
いま眠りの中から出てきたばかりの
柔らかい私にしみこむ音
ベッドは軽々と私を置き
私の中を駆けめぐる血は新鮮
殻を脱いだ蟬の羽をのばすやさしいしぐさに似て
頰にかかった髪毛をはらうこころよさ
ああ
誰がくれたのだ
こんなにもすばらしいひとときを
太陽は次第に明るみ

よろこばしい思いが内側から満ちてくる
私は待たれている大地に
そして私に呼びかけるのは太陽
私は
今日のメニューを手にして
光の中へ起き上がる

（『エバの裔』より）

塔さんが四十四歳の時に出した第三作目の詩集『エバの裔』（一九七三年）に収録された詩。詩作を始めてから十五年ほどが経過して、創作意欲が増している頃の作品かと思われるが、本当にこのような日常があったのだろうかと疑いたくなるほどの美しい詩である。「生きている、生かされている」喜びと希望が溢れている。最終行「光の中へ起き上がる」は、「中に」ではなく、「中へ」と書いた意味が大きい。今日一日のいのちを生きようという向日性に満ちた言葉である。この詩の続編のような素晴らしい詩がある。

めざめた薔薇

あなたの言葉で
白い花びらを楚々とひらいて
あどけなく目覚めた薔薇がある

セルリアンブルーの空から
光がほどけて飛び散る朝のことだ

渚の砂に山鳩がたわむれ
木に風があそび
ああ
風景さえ今日は
その薔薇を支えて新鮮

私は軽快なリズムにのって歩くように
心が白い薔薇でゆれるのを見ながら
ひと日すごした

（『聖なるものは木』より）

薔薇が好きな塔さんの代表的な詩とも言えよう。「朝」の詩の続編のように解釈すれば素敵な風景が浮かんでくる。「あなたの言葉」の「あなた」とは誰のことだろうか。「今日のメニューを手にして／光の中へ起き上がる」私は、「あどけなく目覚めた薔薇」。セルリアンブルーの空から飛び散る光が、その朝を照らす。セルリアンブルーとは、硫酸コバルトなどから作られる顔料の鮮やかな濃い青のことで、普通の青ではこの風景は成り立たない。「光がほどけ」とか「木に風があそび」といった表現に、読者は魅入られてしまう。

作曲家柳川直則氏は、塔和子の詩に出合って「目先の洒落た字句や技巧を排し、心の中の深層と出合っている」と感動し、合唱組曲としての三冊の楽譜を作り、音楽之友社から発行した。『めざめた薔薇』（一九八七年）、『人の林で』（一九九〇年）、『帽子のある風景』（一九九一年）で、いずれも塔さんが住む大島青松園や高松市内でのコンサートで演奏された。この「めざめた薔薇」は最初に作曲された詩である。

もう一人のアーチストが、塔和子の詩に出合って作品を残している。画家の故・小島喜八郎氏である。詩集から選んだ二十二編の詩からイメージした水彩画を描き、一九九四年に『めざめた風景』という詩画集を三元社から出版した。「めざめた薔薇」の詩は、見開きページに収録されているが、そこに描かれた海岸風景は大島の海岸を想起させる。この詩画集を塔さんから贈られたが、その表紙裏に「バラ園はバラの匂いにむれ合いつ繚乱と昼を咲き競うなり」と記されていた。

2　愛《いと》けないふたつのかけら

一九九三年に発行された第十二詩集『日常』は、主として夫の赤沢正美さんとの生活風景を詠ったものである。この詩集発行については、私がかかわった経緯があるので書き留めておきたい。その頃、塔さんは自分が書き溜めた詩集を出したいが、その出版社がなかった。それまでは、デジレ・デザイン・ルームや私家版、燎原社、蝸牛社、花神社、海風社、編集工房ノアから出していたが、一冊の詩集を出版することはそう簡単にいかない。出版社の採算が合わないと不可能である。当時はハンセン病療養所の無名の人の出版を引き受けるところは少なかった。私はその頃、日本キリスト教団出版局から著書を出していたのでつながりがあった。塔さんがお困りなので出版局に掛け合い、承諾を得た。その時の塔さんの手紙がある。

「（前略）もしキリスト教出版局が出版してくださるようでしたら、この前の『時間の外から』と同じようにA五判の変形にして頂きたいのです。そして、私の方は何部くらい買えばいいのか話し合って頂きたいのですが、先生のご都合は如何でしょうか。それから、原稿はすべて見開きに入るように、題を四行とって二十四行の二十八行におさまるようにしました。ただ、はじめのところの「置かれている」と「突き出た杭」だけは三頁にわたるようになりますので、三頁どうし六頁の偶数になるように書きましたので、どうぞよろしくお願いします。（後略）」

（一九九二年四月一日）

本のサイズや割付けまで細かい指示が出されている。『日常』は一九九三年五月十日に完成し、六月十二日に塔さんの家で塔さん夫妻と参加者六人が集まり出版記念会をしてお祝いした。

塔さんと赤沢正美さんとの結婚については、宮崎信恵監督の映画『風の舞』やテレビのドキュメンタリー番組、安宅温著『命いとおし』、その他多数の新聞・雑誌などで紹介されている。

赤沢正美（本名は政雄）さんは、一九一九年（大正八）二月二十日生まれで、香川県綾歌《あやうた》郡出身。徴兵検査で発病が見つかり、一九四〇年（昭和十四）十月一日、二十歳の時に大島青松園に強制収容された。一九四〇年十月二十六日に、エリクソン宣教師から洗礼を受け園内のキリスト教霊交会に通った。気管切開手術（いわゆる喉きり）を受けたために、喉にカニューレ（金属製の呼吸管）を入れての呼吸となり、空気が漏れて発声が困難だった。

夫・赤沢正美（左）と、1999年３月（撮影・太田順一）

さらに一九七一年十月、五十二歳で失明し、病気は特効薬プロミンによって完治していたが、顔や手足にかなりの後遺症があった。一九五一年（昭和二十六）九月、塔和子さんと恋愛結婚、その生活は四十九年続いたが、二〇〇〇年十一月二日、胃癌により八十一歳の生涯を終えられた。入所生活は六十一年を数えた。赤沢さんは文学的才能に長け、その研ぎ澄まされた感覚と知性をもって短歌制作に精通し、園内の機関誌「青松」の文化欄のレギュラーとして活動された。歌集に『投影』（一九七四年）、『草に立つ風』（一九八七年）の二冊がある。

塔さんと赤沢さんの出会いのきっかけは「米軍からのララ物資」だった。ララ（ＬＡＲＡ）とはアジア救援公認団体のことで、戦後の混乱期に米軍の日本向けの援助物資（食品や衣類など）が療養所にも配られた。くじ引きだったので、赤沢さんには女性用のオーバーが当たった。赤沢さんはそれを女子部に持って行き、ズボンに仕立て直してほしいと依頼した。その仕事を偶然引き受けたのが塔さんだった。出来上がったズボンを赤沢さんの部屋に届けると、そこには短歌や文学書が並んでいて、当時ドストエフスキーやボードレール等の書に親しんでいた塔さんには魅力的な風景だった。その後塔さんは赤沢さんに想いを寄せるようになった。十歳も年上だが恋心が募った。ある日、塔さんは赤沢さんの机のガラス板の下に「結婚してください」と書いた紙をはさんだ。しかし、年齢差が大きいことや後遺症が重いことなどの理由で一度は断られたが、それでも苦労を分かち合うことを約束して二人は結婚した。三十二歳と二十二歳の男女が新たな家庭を築いた。ララ物資が結ぶ恋愛結婚だった。

当時のハンセン病療養所での結婚には条件を強いられた。男性は断種手術（ワゼクトミー）を強制され、女性も妊娠を禁じられていた（この子どもを産めない〈子孫を絶つ〉という国の非人間的な断種・堕胎政策が廃止になったのは、四十五年も後である）。法律的には入籍のない療養所独特の「園内結婚」だった。そして、新たな夫婦を迎える療養所の施設はなく、みんな「通い婚」と言って、夜になると男性が女子寮に来て泊まった。その異常な状況は一九五三年に、四畳半の個室が並ぶ長屋式の夫婦寮ができるまで続いた。

それ

私の前に
ひとつの物体があって
影をまるくしていつも座っている
それが煙草というと
私はものうい体をおこして煙草をくわえさせ火をつける
食事のときも前に座っていて
私は習慣的にそれにフォークを持たせる
お茶と言うとさっと湯呑を差し出す
そして
夜などそれが酒を燗しろといっていばっている
私は燗をしてその座っているものの前に置く
私が詩を書いて聞かせると
それは電子計算器より出る答よりややこしくて熱っぽくて
私をううんと言うまでたたきのめす
ただかたまりのようにじいっとしているかと思うと

ときどき
白杖をもって治療に通ったり
友人のところへ行ったりもする
それは
いつから私の前にいたのかと聞かれると
おかしなことにまことに明確に「結婚した日は何年の何月何日です」
　と答えられる歴史
そして今夜は
それは短歌の締切り日が明日にせまっているので
見えない目をじいっと凝らしているが
三十一文字が整然と頭の中で歌になっているのか
まだこんとんとしているのか前に座っていて
それを見ている限りではよくわからない
（『聖なるものは木』より）

夫の赤沢さんを「それ」という指示代名詞で呼ぶのは、親しみをあらわすユーモアだろう。結婚生活のひとこま、二人の静と動がありのままに描かれている。盲人の夫を介助する塔さんの日常。この詩集が出たのが一九七八年だから、結婚後二十七年ほどが経っている。その後十数年を経て作られた「空気」という詩がある。

空気

昼寝をしている
　七十一歳がころがっている
　私とすごした四十年がころがっている
　空気のようにごく自然に在って
　小さな寝息をたてている
けんかをするとき
ちょっと不協和音をたてて
互いの存在に改めて気付いたりして
またすぐ空気になる
（中略）
昼の部屋でかるい寝息をたてて

七十一歳がころがっている
私とすごした四十年がころがっている
（『日常』より）

「それ」が、「七十一歳」という普通名詞になっているが、それは「七十一歳になった赤沢正美さんの人生そのもの」を指している。その意味では、「七十一歳」は固有名詞と言えるのかもしれない。あの静と動の赤沢・塔夫妻の姿は、「空気」になっている。なんとも味わいのある表現である。この四十年の間に何があったか。平穏な日々ばかりではなかった。どんな夫婦でも所詮は他人、年齢や性格の違い等で一時は離婚を考えたことがあったそうだが、お互いに分かり合う努力を続けた。

塔さんは、一九五三年（昭和二十八）、赤沢さんの指導で短歌を始めた。その折に塔和子というペンネームを赤沢さんに付けてもらった。「塔のように志を高く持って」という意味が込められているときいた。ただ塔さんは三十一文字に限定して表現する短歌に限界を感じ、一九五八年（昭和三十三）頃から詩の創作に転向し、ＮＨＫラジオ第二放送「療養文芸」に投稿、連続入選を続け、選者の村野四郎氏の高い評価を受けた。しかし、最も厳しい指導者は夫の赤沢さんだった。塔さんが書いた詩を赤沢さんの前で読むと。「『まあまあやな』と／自尊心を傷付けられるようなことを言われ」（『日常』「夫婦」）、「私をううんと言うまでたたきのめす」（『聖なるものは木』「それ」）。塔さんにとって赤沢さんは、よき伴侶であると同時に詩作の厳しい批評家であり先生だった。赤沢さんに褒められたことは一度もなかったらしい。塔さんが詩人として活躍できたのには、立派な師匠である赤沢さんのお陰と島の友人たちが言っていた。

塔さんが四十歳代の頃、大きな危機が訪れた。赤沢さんが一九七一年に、目の手術のために入院したとき、塔さんは熱心に看病した。しかし、精神的なストレスからか、塔さんは二度の自殺をはかっている。周囲で悪口を言われるような幻聴、幻覚に苦しみ、大量の睡眠薬を服用した。

村野むつ（村野四郎夫人）と1987年、東京村野宅で

その時のことを、後に私宛の手紙に（一九九〇年）、「この十四、五年の間に、自殺未遂を二度もやっています。一度はほんとうに死んでいたのを、お医者さんが人工呼吸をしたり注射をして助けてしまったようなことで、現在生きているのが不思議なのです」と書かれていた。

また、「死にたかったから、意識が戻ってからも、助けてくれなくてよかったのにと、お医者さんを恨みました。でも、目の不自由な赤沢さんを残して死ぬのは、つらかった。だから、死に切れなかったのかもしれませんね」と、雑誌記者に話している（「婦人公論」一九九九年七月、「塔和子・瀬戸内海の療養所に生きる」より）。

しかし、この四十歳代の精神的に不安定であった時代に詩作されたのが、『分身』（一九六九年・四十歳）、『エバの裔』（一九七三年・四十四歳）、『第一日の孤独』（一九七六年・四十七歳）、『聖なるものは木』（一九七八年・四十九歳）の四部作で、このうちの三冊が「H氏賞」の候補とされている。大島青松園のある方が、「塔さんは、精神的に不安定な時ほど優れた詩を書いている」と言われたことがあったが、確かにそういう時だからこそ自己の内面を深く見つめた詩が書けたのだろう。「立像」という詩がある。

立像

ごつごつとした岩の窪みにたまっている潮水の中に
雨粒がぽつりぽつりと落ちている
こいつは頬をつたって落ちる涙のようだ

私にも泣くところが欲しい
安心して手放しで泣いていられるところが
泣くこと
なんと幼くなんと優しい行為だろう
だが
私の涙を受け止めてくれるところはどこにもない
だから私は
涙を落とさないようにはりつめて
氷の表皮に身を包んでいる
そして
この
華やかそうにきらめいている氷の立像は
からからと笑い声を立て
唄をうたい
立ち向かってくるものには一歩も譲らないのだ
けれども氷を割ったら

ほんとうはぜんぶ涙
だから
誰かが暖かい言葉で
私の氷を溶かすと
もう涙はとまらなくなる
まるで湖の底から
湧いてくるもののように

（『エバの裔』より）

「私の涙を受け止めてくれるところはどこにもない」という苦しみはしばらく続いた。たぶん私にだけではなく、他の親しい友人たちにも悩みを訴えていたのかもしれない。誰かが意地悪をして友人との関係を裂いてしまうという不安もあった。園長宛に書いた手紙の写しが送られてきたこともあった。そうした繰り返しが続く中で、死の不安に直面しておられた時に聞いた電話の声を私は忘れない。

「先生！　赤沢さんが言ってくれたんです。『同じ一生懸命になるなら、生きることに一生懸命になってくれ。がむしゃらに生きようではないか』と言ってくれたのです。私、目が覚めました」。その時のことが「涙」という詩になっている。

涙

あるとき
死のうと思った私が夫に
「一生懸命なのよ」と言うと
夫は
「同じ一生懸命になるのなら
生きることに一生懸命になってくれ
がむしゃらに生きようではないか」と
言ってくれた
私は目が覚めたように
そうだと思った
どんなに懸命に生きたとしても
永遠に続いている時間の中の
一瞬を

闇から浮き上がって
姿あらしめられているだけだ
　いのち
　この愛《いと》けないもの
思いっきりわが身を抱きしめると
きゅっと
涙が
にじみ出た

（『日常』より）

この詩が生まれたのは四十歳代の自殺未遂の時ではなく、六十歳代（一九九〇年代）初めである。映画「風の舞」で塔さんの詩を朗読した吉永小百合さんは、四国新聞のインタビューに応えて「塔さんが、思いをつづった『涙』に心打たれました。塔さんに、夫は『同じ一生懸命になるのなら生きることに一生懸命になってくれ』と語りかけます。一言で目が覚めた塔さんが自分の体を抱きしめると涙があふれ出すシーンに胸が熱くなりました」と語っている。

塔さんは、二人にとっていのちは「愛けないもの」と綴っているが、「愛けない」を「いとけない」と発音するのは塔さん独特の表記である。死を考えるような状況に中で、夫の赤沢さんとの限りない信頼関係の中で生まれたこの詩は、究極の夫婦愛の賛歌だと思う。塔さんは、「涙を受け止めてくれる場所と、その涙を凍結した氷の塊を溶かす暖かい愛」を、赤沢さんの言葉で感じ取ったのだろう。

晩秋

あなたは
私のために何をしてくれたか
心のうつろを埋めてもくれなかった
心の寒さもひきむしってはくれなかった
　けれども居ることによって
　安らいをもたらせてくれた
　大地の上に共に居るという
　安心感をも与えてくれた
私はあなたのために何をしたか
あなたの心のひもじさを

とりすてて上げ得たか
あなたの痛みを痛むことができたか
あなたの哀しさを哀しみ得たか
　夫よ
　一対であることにおいて
底を流れるかなしさは
あなたもひとりで哀しむだけでよかったのが
私と一緒であることにおいて二倍
私もあなたと一緒であることにおいて二倍

晩秋の小川のようにうすら寒く
　遠いところからやってくる
存在のさみしさそのものを
見つめている私達

（詩集『日常』より）

「一緒にいることにおいて二倍」とうたうこの詩に、円熟した夫婦の日常が偲ばれる。夫婦愛を綴った詩集『日常』の最後の「平和」という詩を改めてこころに刻みたい。

私は／尖ったひとつの／かけらだから／もうひとつの／かけらを探した／それはあなただ／以来／共に／楽しみ／怒り／悩み苦しみ／ひとつになった／ふたつのかけらは／たびたびこわれたが／また／じんわりと／ひとつになって／まるく／平和に／暮らしている

「愛《いと》けないふたつのかけら」――私には、ベレー帽をかぶり、首に白い包帯を巻き、黒いサングラスをかけた赤沢さんと、その横に塔さんがうつ伏せになって鉛筆を握り、広告紙の裏の余白に原稿を書いている部屋の風景が浮かんでくる。その家の入り口には「赤沢正美」と「塔和子」と書いた二つの表札がかかっていた。何度も繰り返すが、これが二人の療養所での「かずならぬ日常の風景」だった。

この「かずならぬ日常」に異変が起きた。二〇〇〇年九月頃より赤沢さんの体調がすぐれず、善通寺病院に入院し手術を受けた。病状は胃癌ですでに広範囲に転移していた。退院後も痛みが続き、遂に十一月二日午前〇時二十四分に亡くなられた。八十一歳の生涯だった。教会代表の曽我野一美さんが最期まで看とられたが、激しい苦しみからやっと解放されて息を引き取られた瞬間は、実に安らかな表情だったそうである。しかし、最愛の夫を失った塔さんの目はうつろで、あまりにも痛々しかった。「手」という詩があるが、夫より先に、という言葉が逆になってしまった。

末期のとき／私は夫の手を握って死にたい／夫がついていてくれるなら／どんな恐怖からものがれられる／その大きな手を握っていると／こわくないこわくないよ／（略）何歳まで生きるこの身か／夫より一年くらい早く死んで／手をとられ悲しんでもらいたい／そんな身勝手なことを思いながら／殊勝に夫の世話をする私／盲目の夫にとって／私がそう思うことは／残酷物語／ではあるが

（『日常』より「手」部分）

キリスト教会の依頼で、私は園内の協和会館で行われた「前夜式」と「召天三十日記念式」、そして一年後の「召天一年記念式」の司式をさせて頂いた。それぞれの式辞の題を「土の器」「風の旅」「内なるものの輝き」にした。赤沢さんの歌集『草に立つ風』を改めて読んだ。

吹く風と吹かるる草に杖止めてをりしが草にもなれず帰りぬ
吹きつける風に距離感うしなひし杖止めて握りなほし歩めり

波の音松風の音をわがものとなさねば島の冬堪へがたし

瀬戸内の小島の療養所で、潮風と松風に吹かれながら生き抜かれた八十一年の人生。そこで出会った塔和子さんとの四十九年の結婚生活。

しかし、塔さんの人生は赤沢さんの死から急変した。「愛けないふたつのかけら」はまたひとつになり、孤独と寂しさの日々が始まった。体調がすぐれず、集中力もなくなり詩が書けなくなった。その頃からパーキンソン病を患ったということと重なるが、病床生活が始まった。「訪問ノート」(後出)にその状況を記録しているが、言葉が語れなくなり、コミュニケーションが困難になってきた。

3　胸の泉に枯れ葉一枚

塔和子の詩の世界の横軸を見る目を広げたい。一般的な言葉で言えば、「出会い」「かかわり」「交わり」といった人間関係の詩群である。

湖

出会わなかったいぜん
湖は氷っていました
あなたと視線が合ったとき
あの
熱い羞恥でとけたのです

　だから
私の眼の底には
青い湖が深々と横たわっています
ある日
あなたの投げかけてくれた言葉が
私の湖の中で
淡い水輪になって
果てしなく広がります

（『はだか木』より）

この詩は、第一詩集『はだか木』の中の最初に収録されている。一九六一年（昭和三十六）、塔さんが作った詩を、初めての詩集の最初のページに収録する、いわば記念すべき詩である。第一ページになぜこの詩が収められたかは分からないが、理由があったに違いない。私（湖）に投げかけられた、あなたの「視線」と「言葉」によって、私の氷った湖が溶けて、その水輪が広がる、という出会いの始まりの詩である。視線が合うとは人間関係の原点となるものであり、言葉はお互いの関係を作り育てるものである。

人間には幸か不幸か／言葉というものが与えられて／武器にしたり／守りにしたりして／人の森で互いに互いを暖めあっている／言葉／人を生かしたり／殺したりするこわいもの／高めたり愛したりする尊いもの

（『希望の火を』「言葉」部分）

出会いとは、お互いの「視線と言葉」が出合うこと。塔さんにとっては、詩作は「愛する子供を産むように／懸命に言葉を産む」（『今日という木を』「お産」部分）ことである。

孤独なる

今日は出会わなかったか／そんなことはない／書物の中の人と出会い／物語の中の人と出会った／／今日はなにもなかったか／そんなことはない／顔を洗ってお化粧をした／それから鏡の中で少し微笑み／何ももたない自分を／あわれんでやった／閉じこもった今日さえも／やっぱりなにかと出会い／なにかを考える／ぼんやりしているときにも／ぼんやりとなにかを思っているように／／生きることはやっかいなことだ／少しの休息もなく／心が体をひきずっている／でも／そこは／出会うよろこびによってささえられている／小さな私の城だ

（『分身』より）

人は出会いがないと生きていけない、出会いの喜びによって支えられているというこの詩は、塔さんの人生観の大切な柱である。その出会いの妙を「釣り糸」という詩に綴っている。

釣り糸

電光のように魚が食いつく
このときこそ糸の私はぴいんと張り
ひたすら魚の意のおもむくところを追究する

広い海の中で出会ったたった一匹の魚と
釣り糸の偶発的な出会い
どんなに多くの魚がいようとも
糸の先につながる魚と
魚につながる糸とただ一点にしぼられ
いま在ることを互いに知らしめられる
魚が深く入れば糸も深く入り
逃げようとすれば
するすると老獪に糸ものび
もはや逃れることも逃すことも出来ない
関係になってしまったひとつの課題
やがて互いに疲れきり追い切って
海の面に引き上げられ
糸と魚の共存ははずされる

（『記憶の川で』より）

魚を釣り糸で釣り上げる瞬間にたとえて、出会いの不思議を語るその表現力に圧倒される。

「糸の先につながる魚と／魚につながる糸とただ一点にしぼられ」、その運命的な出会いのドラマが展開される。「緊張関係」とはまさにこのような状態のことだろう。『記憶の川で』の高見順賞選者の川崎洋氏は、「わたし自身釣り大好き人間ということもあり、釣りをテーマやモチーフにした詩をこれまでたくさん読んできたが、この〈釣り糸〉は最高の一編と呟きつつまるで目当ての大物を釣り上げたようなリールの手ごたえを覚えた。釣りの情緒を彩色した二流の詩が多い中、抽象語を具象に結びつけてポエジーを生む作者の手さばきは一流である。瀬戸内海・香川沖の大島に長く住み釣り場はすぐ近くだろう。釣り好きという夫君の手ほどきで、塔さんも実際に竿を出したとわたしは思う。ほんとうにいい詩だ」と、最高の評を送っている（『樹木』高見順文学振興会会報ＶＯＬ17）。

人間が産まれるという出来事もそうであって、次の詩を深く味わってみたい。

触手

あの夜もしあなたが一錠の避妊薬を飲んでいたら
私は産まれなかった
この明るみにいるものは

あなたの受胎ののっぴきならない結果
母よ
あなたの夜の満干《まんかん》は
私の生のよろこび私の生の不安
受胎の前の混沌につるされて
ゆれる不安とよろこびは
巻付く高さをさがす朝顔のふるえる触手そっくり
あの夜もし
あなたの夫が不在だったら
私は産まれなかった
父の精液の中を浮遊して流れたであろう私が
いまここにいる
肉体として形になったばかりに
あなたを母と呼び父を父と呼ぶ

(『記憶の川で』「触手」部分)

一錠の避妊薬をめぐる出生のドラマ、「あの夜もし」という表現は何ともリアルである。ひ

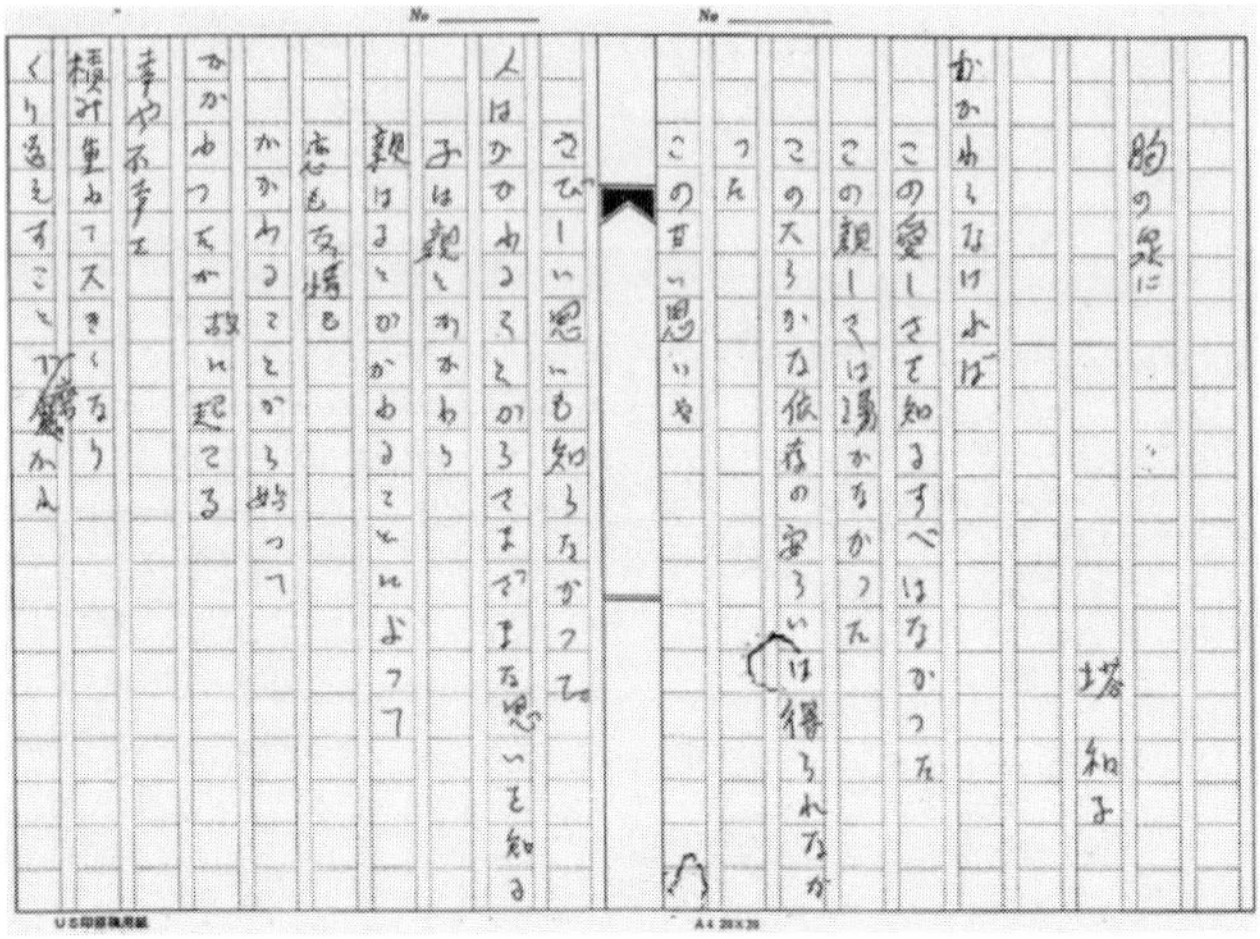

「胸の泉に」原稿

とつのいのちの出生は、人知を超えた神秘的な秘儀である。前述した「在る」という詩で、「父と母が出会わなければ／無かった私／…その父母の／その父母の／始祖なる出会いを重ねて在るいのち」と塔さんが詠ったように、出会いはまさに厳粛な出来事である。

しかしここで、塔さんは「胸の泉に」という詩を発表する。今ではこの詩が有名になっているが、この詩が世に出るようになった経緯を述べてみたい。

胸の泉に

かかわらなければ
この愛しさを知るすべはなかった
この親しさは湧かなかった
この大らかな依存の安らいは得られなかった
この甘い思いや

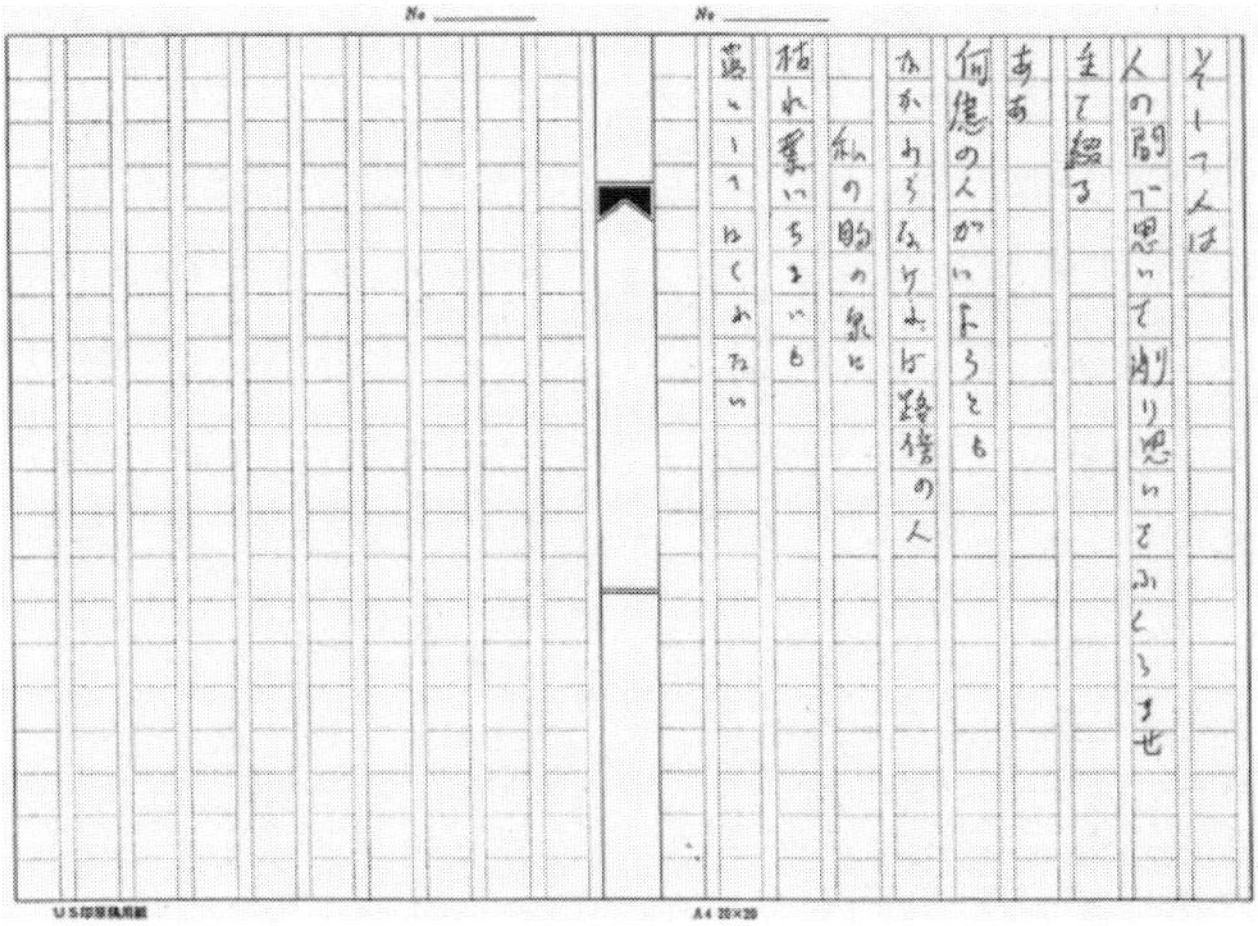
そして人は
人の間で思いで削り思いをふくらませ
生を綴る
ああ
何億の人がいようとも
かかわらなければ路傍の人
私の胸の泉に
枯れ葉いちまいも
落していってくれない

さびしい思いも知らなかった
人はかかわることからさまざまな思いを知る
子は親とかかわり
親は子とかかわることによって
恋も友情も
かかわることから始まって
かかわったが故に起こる
幸や不幸を
積み重ねて大きくなり
くり返すことで磨かれ
そして人は
人の間で思いを削り思いをふくらませ
生を綴る
ああ
何億の人がいようとも
かかわらなければ路傍の人

私の胸の泉に
枯れ葉いちまいも
落としてはくれない

（『未知なる知者よ』より）

私は最初この詩に出合ってから塔さんに出会った。繰り返しになるが、一九八七年二月八日に、大島青松園にあるキリスト教会の礼拝説教を依頼され、務めを果たして帰る際に、同行の社団法人好善社社員の乗《のり》圭子さんに紹介されて、初めて塔和子さんに会った。帰りの船のデッキで、塔さんから頂いた園の自治会発行の機関誌「青松」（一九八七年二月号）を何気なく読んでいた。その十五頁の文芸欄に掲載された塔和子の詩「胸の泉に」を読んだ（その機関誌は今も大事に保存している）。そして、その詩の最後の六行、「ああ／何億の人がいようとも／かかわらなければ路傍の人／私の胸の泉に／枯れ葉いちまいも／落としてはくれない」に、衝撃的に出合った。本書のタイトル『かかわらなければ路傍の人』は、このフレーズから借用した。

「路傍の人」とは、ただ道を歩いている人、つまり「自分と縁もゆかりもない無関係の人」という意味であるが、その表現がとても新鮮だった。あの「釣り糸」や「触手」という詩で詠った運命的な出会いとは違う。続いて「私の胸の泉に／枯れ葉いちまいも／落としてはくれない」という結びの語句は、「私に誰もかかわってくれない」という悲観的な意味に解することもできるが、私は何度も読み返しながらその意味を考えた。そしてこの詩が、ハンセン病を病んだ人たちが偏見・差別の中で体験してきた歴史を暗に訴えていると思った。その差別の歴史の最大の問題は、国が「らい予防法」によって「患者絶対隔離」を強制して、患者たちと社会とのかかわりを遮断したことである。だから塔さんは、「かかわらなければ路傍の人」という現実を日々味わい、療養所という囲いの中で無為に過ごすことを余儀なくされて来たことを訴えていると思った。その訴えは、被害者的な言葉ではなく、むしろかかわりを求めてなお生きようとする積極的な意味を持っている。人間関係を絶たれてきた人たちにとって、「かかわり」(絆)こそがいのちなのだ。その意味では、この詩も塔和子の「抵抗の詩」とも言えよう。私はこの詩に、そういう深い背景があると解釈した。私のハンセン病についての問題意識は深まるばかりだった。そして、この短い詩のフレーズが、私のこころを支配した。それ以来三十年間、「胸の泉に」の最後の六行が、私の背中を押してきた。

しかし、この詩は最後の六行の前に、長い言葉が綴られている。やはり全体の意味を読みとらなくてはいけない。全行をまとめて理解すれば、「人は、さまざま人びとかかわることによって、生を綴り、生きる意味を見出す」と理解した。そして、塔さんがこの詩の題を「胸の泉に」としたところにそのユニークさを感じた。前述した第一詩集『はだか木』冒頭の詩「湖」の「私の湖の中で/あわい水輪になって/果てしなく広がります」とのフレーズに呼応していると思った。
「胸の泉に」は、「青松」掲載の翌年、一九八八年六月十八日発行の詩集『未知なる知者よ』に収録された。私が塔さんに、よい詩だからぜひ次に出る詩集に入れてほしいとお願いしていた。その時に頂いた塔さんからのハガキがある。日付は一九八八年七月十五日になっている。

（前略）この詩集で先生が一番お気に入って下さった「胸の泉に」は、先生がその好さをこんなにまでみとめて下さらなかったら、詩をえらぶ段階で外していたのではないかと思って、先生との出会いがあったことを感謝しております。作者としては、時に出来た作品がいいのかわるいのかわからなくなるときがあるものですから、あの「胸の泉に」という詩の先生がお気に入って下さった最後のところが、読者にこんなに受け入れられる力をもっていることに気付かなかったのではないかと思います。詩集にして見て、「胸の泉」がいいといわれる方がたくさんいて、そうかと納得したような次第ですから、これはやっぱり先生に拾い上げられた詩であって、この詩集におさめることができたのは、先生のあの詩に寄せて下さった愛着が詩集として実ったものと思います。（後略）

結果として、このように塔さんに喜んでもらったことは嬉しかった。ただ、私は文学者でもないし、詩を読みとる専門的な能力もないので、「胸の泉に」という詩が文学的に本当に優れているかどうかは、今でも分からない。ただ、そのような理屈は別にして、「ああ／何億の人がいようとも／かかわらなければ路傍の人／私の胸の泉に／枯れ葉いちまいも／落としてはくれない」という六行の言葉にインパクトがあり、その詩の言葉が読者にどんな力を持ち、影響を与えるかということが大切だと思う。「詩は、私の命です」と言いきる塔和子の魂の叫びだからである。

「胸の泉に」は、読者のこころに響いた。私自身も、いろいろな機会にこの詩を紹介してきたが、今時のインターネットの力には驚くばかりである。ネットを通して、塔さんの詩が広がっている。詩の力がそうさせるのは言うまでもないが、新聞、テレビ、ラジオなどマスコミで取り上げられたこと、宮崎信恵監督による塔和子ドキュメンタリー映画「風の舞」やテレビ局のドキュメンタリー放送、歌手・沢知恵さんが塔和子の詩を作曲し、「胸の泉に」などをコンサートで歌い、CDを出したことなどが重なっている。今や「胸の泉に」は、塔和子詩集の代表作になっている。

シンガーソングライターの沢知恵さんが、二〇一二年六月にCDアルバム「かかわらなければ～塔和子をうたう」をリリースした。その中に収録されたメインの歌が「胸の泉に」で、他に七編が収録されている。沢知恵さんは、四十年前に牧師の父に連れられて、生後半年で大島青松園に来て、幼い時から父親と一緒に入所者との交流があった。一九九一年に東京芸大在学中に歌手デビューし、シンガーソングライターとして活躍している。大島青松園を第二の故郷という沢さんは、この島で毎年無料コンサートを開催し、その回数は二〇一五年八月で十五回を数えている。幼児の時に塔さんにも可愛がられたそうだが、おとなになって園の自治会発行の「青松」に掲載された塔和子の詩に出合ってから読者となり、いつかその詩を歌いたいと思うようになっていた。そして、その夢が実現し、念願のCDを出すようになる。

実は私も沢さんのファンで、関西学院や大島でのコンサートで歌を聴いていた。いつも沢さんの歌を聴きながら思っていたことは、塔和子さんの詩は、朗読・合唱・映画などで多くの人たちに広がっているが、個人の歌手がまだその詩を本格的に歌ったことはない。私は、それを実現するのは沢知恵さんしかいないと思っていた。私は二〇〇九年十月、沢さんに「塔和子さんの詩を歌ってほしい」と長い手紙を書いた。そうしたら「塔さんの詩をうたうことは、度々試みながら、なかなかうまくいきません。ある程度定型に近い形でないと……。でも、やってみます。なが〜い目で見守って下さい」との返事をいただいた。そして二〇一〇年年七月、沢さんから電話があり、「ついに塔さんの詩を歌う決心がつきました。『胸の泉に』という詩です。ついては、このことを塔さんご自身に伝えて承諾を得たいのですが」との連絡が入った。私は

沢知恵、塔和子を歌う、「塔和子さんを偲ぶ会」大島会館、2013年11月３日

塔さんにこのことを話し、弟さんにも了解を得て沢さんに返事した。やがて沢さんから、「過日、東京の季節公演で初演し、感触をつかみました。おそろしい力をもった詩です。ブルース調です。乞うご期待！」とのハガキをいただいた。その時の感想が、「沢知恵オフィシャルサイト」二〇一二年六月十八日の「知恵のひとこと」で次のように書かれている（原文のまま）。

川崎先生からの背中押しはまさにジャスト・タイミングでした。金子みすゞ、茨木のり子を経て、定型でなくても、私が生きられる「女のことば」をうたいたい。詩集をめぐり、改めて読んでみました。そしたら……あのブルースのメロディーが。うわ〜、来た来た〜。とりはだだ〜。私、年齢を重ねて、こういううた、ずっとずっとうたいたかったんだ〜。ひとり大興奮してしまいました。二〇一〇年前半のことです。

二〇一〇年八月二十八日の第十回大島コンサートで、作曲された「胸の泉に」を初めて聴いた。その時に書いた私の感想文の一部を抜粋する。

ピアノの鍵盤の前での沢さんの集中。その姿がステージの幕にシルエットで映っている。この歌を聴くために集まった塔和子のファンたちも集中している。やがて第一声、「かかわらなければ!」というフレーズが飛び出した。何という力強い音声だろう。いきなりのフォルティッシシモという感じである。私はこれまで、いろいろな人がこの「胸の泉に」を朗読するのを聴いた。流れるように読む人、抑揚をつけて読む人、感傷的なリズムを刻んで読む人などさまざまだった。そのような先入観があったからだろうか、この沢知恵さんのいきなりのフォルティッシシモにびっくりした。この詩に抱いていたイメージがちょっと違う。私は新しい発見をしたと思った。

過日、沢さんからのハガキに「おそろしい力をもった詩です」と書かれた意味がわかるような気がしてきた。塔さんの詩は深くて力があるのだ。もちろん、郷愁や愛の感情、苦悩やいのちの悲哀を詠ったりしているが、総じてそれらの詩は強い力をもっているのだ。いのちの本質・根源を表現する力だ。沢さんは、何にたいして「おそろしい」と言われたかは聞いていないが、たぶんそれは詩の「力」だと思う。沢さんが「胸の泉に」のフレーズのリズムをアレンジして歌わせていただくと言われていたことを思い出した。確かに「かかわらなければ！」という言葉のリフレインが印象的だった。優れた詩は、その読み手や歌い手によって、さらなるいのちが吹き込まれて表現される。会衆の手元に「胸の泉に」の歌詞があったわけではないので、その詩の全行は分からなかっただろうが、繰り返して歌われた「かかわらなければ」という言葉のインパクトが伝わったと思う。沢さんの歌う「胸の泉に」はぐんぐんと盛り上がり、最後は「かかわらなければ！」という言葉でピタッと終わった。沢知恵は塔和子の詩を、いま「叫び」に昇華させたと思った。

（２０１０・８・２）

つき動かされなければ

ひとつの言葉が私の心に落とした
ひとしずくの重さが
私を立ち上がらせ考えさせ歩かせ
立ち止まらせ聞き入らせ見つめさせ
休むひまなく行為させせる

ひとりの人間の
血の通った美しいものが
終日私をほほ笑ませ
和ませ希望にもえさせ
力をみなぎらせ喜びにひたらせ
孤独の闇を照らしつづける
（中略）
つき動かされなければ
聞き入らず見つめず
無いに等しい平《たいら》にあるのに
つき動かすものがあれば
こんなにもはげしい私は
どんなあつい神の希いによって
在らされているのか
私は

自分がもえるとき
私が作ったものの
いとも満足げな笑いをきく

（『いのちの宴』「つき動かされなければ」部分）

「私の胸の泉に／枯れ葉いちまいも／落としてはくれない」と訴える塔さんの詩は、確実に水輪となって、多くの読者の胸の泉に広がっている。塔和子の詩集という「青い湖」に湛えられたいのちの水は、時には優しく、時には激しく、愛と希望のメッセージとして、人びとのこころの中に広がっている。

4　愛の花を咲かせる

塔和子詩集全十九冊の中で、「愛」について書いた詩集がある。第八詩集『愛の詩集』（海風社／一九八六年）と第十三詩集『愛の詩』（一九九五年／編集工房ノア）の二冊である。『愛の詩集』は、二〇〇六年に改装版が出ている。他の詩集に比べてこれらの二つの詩集は、そのジャンルが違い異質な感じがする。著者の「あとがき」から探ってみたい。

この詩集は、今まで出版したどの詩集の系列の中にも入らず、その外側でノートの中にひっそりとおかれていた詩を、一冊の詩集として編んだものです。たまたま卒論に私をとり上げて下さった学生さんが、その取材のため、十日ばかり一緒に暮らしているうちに、『愛の詩集』の話が出、一編一編を、出会いの詩、別れの詩と、仕分けして下さり、編集をする上にとてもたすけとなりました。

（『愛の詩集』「あとがき」より）

この詩群は、ある日、ある時のすてきな方との出会いをきっかけとして、遠い日の恋を想い起こしながら書きましたもので、先に出しました『愛の詩集』につぐものです。人間としてあらしめられている、つかの間の時間に、人はさまざまな経験をしながら成長してゆきますが、なかでも恋愛は、たいていの人が一度は経験するもので、この詩集は、老いた人は、昔日の思い出として、若い方は、正にその渦中にあるものとして、読んでいただけますれば、作者としましては、望外のよろこびでございます。

（『愛の詩』「後記」より）

『愛の詩集』の改装版の「『愛の詩集』再版によせて」では、「人は一度は恋をするもので、そして結婚し子供が生まれ人類の子孫が受け継がれていくのですが、そのことを思いますとき、この感情はどうしても一度は書いておくべきものと思います。そして、ここに書かれたものは若い日の愛で、自分のことながらとても瑞々しく美しいと思いました」と記されている。これらの詩は単なる思いつきや遊びごころから生まれたものではなく、著者の現実生活の中で起こった実際の「出会い」が詩作のモチーフになっている。「自分のことながら」と書いているように、絵空事ではなく、その意味では生々しい赤裸々な告白文であるとも言える。

『愛の詩集』は、私が塔さんに出会う前年の一九八六年八月に「海風社」から出版され、同年十月に第二版が出ている。初版後わずか二カ月で再版というのは、その発行部数は不明だが好評を得たのだろう。ある意味では、本書がそれほど異例の詩集だったということかもしれない。表紙の帯には、「愛に昇華した詩人の魂。女流詩人・塔和子が詩《うた》いあげた愛の詩集。その甘く、美しく純粋な愛は、読む者のこころを摑まえてはなさない」と記されている。もちろんこれは、宣伝のための出版社のコメントだろうが、この詩集の特徴が象徴的に表れている。私は初めて塔さんに出会った年にこの詩集をいただいた。表紙とその帯はピンクで、花束の絵が刷り込まれている。ノートの片隅にひっそりと置かれていた愛の言葉たちが、初めて日の目を見たという感じで、明るく素敵な言葉が溢れている。若い人であれば、恋文に引用できるような表現が並んでいる。私に印象的だった数編をとり上げたい。

白桃

熟れた白桃の
　ほのかな匂い
クリーム色の
　傷つくような美しさ
夜明けのような
　新鮮さを
そおっとあなたの方へさしむける
いつでも食べて下さいというような
この
無防備さ
　あなたへと
こんなにもうれてしまった心
静かに
腐敗するだけの
　残された時間のやるかたなさ

それでも
どうしてやるすべもない自分を
見つめたまま
　私は
　いま
　　身動きできない

（『愛の詩集』より）

これまでの塔和子の詩群には見られなかった純粋な愛の詩として新鮮である。愛する人への熱い想い——愛は無防備、身動きできないもの。この詩の形態にも繊細な気持ちが配られ、段落や改行に工夫が加えられている。「花」という詩の後半、「あなたは／／私が花であることのできる／たったひとつの広い場所／私は／今日／あなたの空の中で／意地や張りをやさしくほぐして／誰にも見せない／花の部分を／そおっとひらいて立っていました」（「花」部分）。あなたのためにだけ、誰にも見せない私の花を咲かせます——愛は花であり、花はあなたのために咲く。しかし、塔さんは、その花の限界も見据えている。「空洞」という詩は、夢が覚めた花のうつろな現実を暴いている。

びっしりと／花びらを重ねて／完全な花形をもっていたバラが／はらりと／はなびらをこぼした後の／空洞のように／私の心に／できてしまった空洞／愛や憧憬や／夢で／ゆるぎない幸せをつむいで／あんなに美しかった時間は／もうない／空洞をのぞくと／果てまでつづくような／暗さがあるばかりだ／そこには／すべてのことの終わった後の／意味のない静かさがうずくまっていて／対き合うことを／こばもうと／望もうと／ひきずり込むように／その底へひっぱってゆく

（『愛の詩集』より）

次の『愛の詩』については、「後記」に「ある日、ある時のすてきな方との出会いをきっかけとして」と記されているが、私自身との関係で特別な詩作事情とその背景がある。私は塔さんに初めて出会った一九八七年から熱心な読者となり、文通を重ねながら交流を深めていた。その数は手紙三十三通、葉書三十五通で合わせると六十八通となる。特に一九八九年からの三年間くらいに集中しており、詩作や出版のこと、こころの問題などについての内容が多かった。電話の交換もしばしばだった。そのうち塔さんから、創作した詩が送られてくるようになった。他の読者にも、詩ができた喜びを分かち合ってほしいために、たびたび電話があったと聞いている。一九九〇年発行の『時間の外から』の中に次のような詩がある。

塔和子と筆者、大島キリスト教霊交会会堂の前で。1993年２月

夢のありか――K先生に

心は星のように澄んで／ひまわりのように暖かく／行動は／火の玉のような熱意と／五月の風のようなさわやかさだ／そうだ／もしかして／あなたは私の夢／いつも見ていた夢が／形になって立っているのだ／あなたは／宇宙に在って／通り過ぎようとした私を／呼び止めて下さった／そこから／あの夢は形になりはじめたのだった／夢は生きる糧／未来の光／私はそれが欲しかった／あんなにも欲しかったのだ／でもいまは在る／だから私は／餌を食べ終わった動物のように／おだやかだ

（『時間の外から』より）

「K先生に」となっている。実は、一九九五年に発行された『愛の詩』には、予め私宛に送られてきた詩が収録されている。「いつも共に」「しずく」

「籠」「かもしか」「好ましいもの」「優しい水の中で」「手紙」「悲鳴」の八編で、それらは何らかの形で私へ向けられたものが背景にあると思われる。例えば「籠」という詩は、塔さんがキリスト教霊交会の礼拝に出席し際、「先生の説教の中で、人の心にはひとつずつ籠があって、その籠に思い思いの花を摘んで入れるのだ、というところがありましたので、『籠』という詩を書いてみました」（塔さんの手紙から）という理由で出来た。「悲鳴」なども同じように「自分の気持ちを湧き立たせてくれる方がいたから」書けたということである。

あなたへのひたすらな思いを／もろいけれども／誇らしいいのちを／花のように心の中の
籠に盛りました／それからずっと／その籠を／このようにしてかかげております／いつ
か／あなたがこれを見付けてくれることを／期待しながら

（「籠」部分）

全速力で走ってくるのに／こんなにも／もどかしく思われる船／けれども／あなたを乗せ
ていると思えば／白鳥のようにまぶしく輝いて／もうすこし／もうすこしで接岸する／客
が下りてくる／私は／餌を見つけたかもしかのように／すばやく／あなたの前に／立って
いた

（「かもしか」全行）

一杯の／レモンスカッシュを／あなたと飲むことができた／たったそれだけのことで／私は／こんなにも／幸福になってしまったのです

（「レモンスカッシュ」部分）

愛とは、「一緒に、共にいる」こと。その愛のつながりが、さまざまな形で表現されている。「蜂」を待つ「甘い蜜をもった花」、「真珠」を包む「柔らかい布」、「あなたのやさしさ」を吸い込んで咲く「水中花」、「大樹」に止まる「秋の蝶」、「海」にゆられる「ボート」、その想いは、さらに「あなたの／血となり／肉となり」（「いつも共に」）、「あなたの愛を食べたのだ」（「この日」）という表現にまで深められて行く。

しかし、愛の現実はそう単純ではない。うきうきとして恋愛の喜びを語っているようで、実は愛の心はいつも揺れている。

愛はひもじいもの
愛はあふれるもの
誰がこの両極の
あやうい天秤をささえきれるか

（『愛の詩』「この両極の」部分）

愛は貪欲だ。「あなたを知った故に／もっと知りたくてひもじいのです」（「この両極の」）。この愛の両極の葛藤が、愛をさらに強くするのだろうか。塔さんから発せられた「愛の詩」に圧倒されたが、私は「私の中には鬼がいる、蛇や羊、野獣がいる」などと言って、自分の姿をあからさまにさらけ出して突っ走るありのままの塔さんが好きだった。激しく、そしてはかなく揺れながら、愛の花を咲かせようとしたこの詩群は、ひとりの女性としての塔和子の瑞々しい愛の姿を映し出している。

5　山青き、水清き故郷

肉親とのつながりを断たれたハンセン病患者にとって、望郷の念は格別だった。強制隔離された入所者は帰るべき故郷を奪われ、ハンセン病療養所が終の住み処となっている。故郷とは、生まれた場所・環境だけではなく、そこにある人間関係のすべてを含む。十三歳で故郷と引き離された塔さんは、「とにかく帰りたくて、対岸の高松の街を浜の根上がりの松の上に腰かけて、何時間も何時間も見ていた」（大島青松園自治会一九九七年発行「青松」〈聞き書き・それぞれの自分史〉）。その故郷、西予市明浜町へ塔さんが帰る機会がやってきた。故郷の公園に二つの「塔和子文学碑」が建立され、その除幕式に招かれたのである。そのイベントは西予市市長が先頭に立って行うということだった。その経緯については、第四章の「訪問日記」の二〇〇七年一月三十日、五月二十日、二〇〇八年四月二日に記載している。

一度はハンセン病を患ったことで故郷を追われ療養所に強制隔離された塔さんは、五十年の時を経て故郷の人びとの深い思いによって、生まれ故郷に迎えられた。「塔和子文学碑」建立に際して、市民を代表する西予市の三好幹二市長は「詩人としての塔さんの偉業を称え、生きる尊さと人権の大切さを学ぶためにこの文学碑を守り続けます」と語られた。また詩碑建立実行委員長の増田昭宏氏は、「純粋に生きることを表現した塔さんは、古里の誇りで、文学碑はその証しです」と挨拶された。塔さんは「故郷に立派な碑を建ててもらい、生涯の夢が現実になって嬉しいです」としっかりとした声で言いながら、感極まって泣き出してしまった。会衆は熱い拍手を送りながら塔さんの涙を分かち合った。その時、女優吉永小百合さんから届いた祝電も披露された。

塔さん、文学碑の建立本当におめでとうございます。宮崎信恵監督のドキュメンタリー映画「風の舞」ではじめて塔さんの詩に出合いました。ハンセン病という過酷な人生のなかから生まれた詩は、人間の本質を深く見つめ、表現されたものばかりで、読んでいて心がふるえました。一人でも多くの人に塔さんの詩を読んでほしいと思いました。故郷明浜町に詩碑が建てられたこと、とても嬉しいです。どうぞこれからもたくさんの詩を作り続けてください。

私は、好善社の社員として日本におけるハンセン病問題に取り組み、全国療養所を訪問する中で出会った一人の元患者が、故郷の人びとに受け入れられ、社会復帰を果たしたということに注目した。高見順賞受賞の詩人という注目されるところがあるにせよ、西予市市長が先頭に立って、市民がこころを開いて塔さんを歓迎し、その詩に感動し、学ぼうとしていることである。その故郷の人びとが、失っていた一人の仲間を深い愛を持って歓迎したのである。終焉を迎えているハンセン病療養所と向き合う中で、私たちが見た一つの象徴的な出来事だと思った。塔さんが好きな童謡「故郷」の三番の歌詞を思い出す。

こころざしをはたして
いつの日にか帰らん
山は青き故郷《ふるさと》
水は清き故郷

「お帰りなさい塔和子さん」（横断幕を中に、隠れている白い幕）第一文学碑建立除幕式　2007年４月15日

一匹の羊が、皆がいる元の囲い（閉ざされた隔離の囲いではなく、みんなが共生する家）に帰ってきて受け入れられたのである。その意味で、西予市が一生懸命に準備して塔和子さんを受け入れようとしている姿を見て嬉しかった。この日のために尽くしてくださった「塔和子詩碑建立実行委員会」の皆様に深い敬意を表したい。

「塔和子と故郷」について考えてみたい。『塔和子全詩集』の中に、故郷について詠んだと思われる詩が十七編収められている。故郷は塔和子の詩の重要なテーマになっており、十二の詩集に次の十七編がある。

「食べる」――『聖なるものは木』

「焚火」――『いちま人形』

「帰郷」「冬の私」「静かに」「目覚め」――

『いのちの宴』
「羊」――『未知なる知者よ』
「沼」――『不明の花』
「光の中で」――『時間の外から』
「帰郷」――『日常』
「いちじく」――『記憶の川で』
「季節の風に」――『私の明日が』
「今は」――『希望の火を』
「ひととき」「光るもの」――『大地』
「ふるさと」「ふるさとの夏」――『今日という木を』

これらの詩を読んでいると、塔さんが幼い日に過ごした故郷の風景が浮かんでくる。「そこは海辺の村」で「小川があった」。春には「たんぽぽの花」が咲き、「すみれの花が咲いている野道」があった。夏のふるさとは「野いちごが美しい村」だった。秋には柿が実を結び、初冬の「軒下には柿がつるされていた」。四季折々に「紫陽花」「くちなし」「薔薇」「すみれの花」「ひまわり」「あさがお」が咲き、「だいだいの木」や「あんずの木」があった。特に「あんず」は繰り返し用いられた詩の素材で、「あんずの木には／故郷が咲いている」と詠っている（『いのちの宴』「冬の私」）。

塔さんの生家は明浜町田之浜という小さな村にあった。詩を読んでいると、その家の風景が広がる。その家には「みかん色のはだか電球」がぶら下がり、「いろりの炎」が燃えている。「父や母や兄弟、近所のおじいさん」たちが、囲炉裏を囲んで夜遅くまで雑談していた。部屋の壁には「むぎわら帽子や野良着」がかけてあり、台所では「煮ているおかずの匂い」がただよい、「ざるの中に、さつま芋のしっぽ」が入ったりしていた。「その家の裏には、豚小屋があって、一匹の豚を飼っていた」。時には裏庭で落葉を集めて「焚火」をした。そこには「焼芋でふところを暖めている少女」がいた。

六十数年も故郷を離れて過ごすことを余儀なくされた塔さんにとって、故郷の思い出がいつも過酷な療養所生活に癒しを与えたに違いない。故郷を詠った詩の最後の数行に、私は塔さんの詩の独特の表現を読み取った。そこに故郷を想う深い気持ちがにじみ出ているからだ。故郷を想うとき、「いつも夢心地になる」「子守唄をきいているようなやさしいこころになる」（『今日という木を』「ふるさと」）。故郷は「胸の奥で乳のようにうるんで／なめらかに私を包む…優しいもの」（『未知なる知者よ』「羊」）であり、「私を快い匂いの中に眠らせてくれる」（『不明の花』「沼」）。「ぼおっと甘くやわらかく」（『時間の外から』「光の中で」）、「私の痛みを／ほぐしてくれるのだ」（『私の明日が』「季節の風に」）、「目をつむると／きらりと光っては消える／美しいもの」（『大地』「光るもの」）である。塔さんは、その「こころよい記憶を食べている」（『聖なるものは木』「食べる」）、「たそがれた私の／頭の中で／考えられるかぎりの帰郷をしている」（『日常』「帰郷」）という。第二文学碑に刻まれた『今日という木を』の中の詩「ふるさと」の最終四行に注目したい。

それから今日も
夢のふるさとに
こころをゆるめて
ながくのびている

塔さんにとって、明浜町田之浜という故郷はこのような場所であり、それが単なる夢ではなく、現実として五十年ぶりに帰郷がかなったのである。そして、そこは目に見える土地としての場所にとどまらず、何よりも素晴らしいのは、故郷の人びとのこころに帰郷が受け入れられたということだ。今、塔和子は故郷の海と山と人びとのふところに「こころをゆるめて／ながくのびている」といえよう。

私は二〇一二年六月、塔さんの故郷を訪ねた。五〇〇キロ離れた西宮市から四度目の訪問だった。芦屋市人権教育推進協議会の役員、齋藤誠二さんと清水章子さんが同行した。宇和海の入江に小さな集落の家々の屋根が並んで見えた。愛媛県西予市明浜町田之浜、ここが塔さんの人生の原点となる故郷である。「潮風とみかんと心ときめく町」と言われるその風景は実に美しいが、一瞬時間の流れが止まったかのような静けさを感じた。調べてみると、明浜町田之浜の現在（二〇一二年六月）の人口は四六三人で、一九二世帯だった。細い路地を通って行くと、今は更地となっている塔さんの生家跡があった。

ふるさとには小川があった
川ぞいの家々には
　川の上へさしかけるようにして
　　柿を植えていた

という詩があるが（『私の明日が』「季節の風に」）、今も生家跡には柿の木が植えられていた。しかし、五年前に見た時とは違って草ぼうぼうの状態になっていた。その時、一人の女性に出会った。「こんにちは」と声をかけて、ここに来た理由を話すと、「私は、塔和子さんの妹の北條早子さんと同級生です」と言われてびっくりした。そして、「塔さんの先祖のお墓もこれから掃除します」と言われた。何という出会いだろう！　私は嬉しくなって名刺を渡した。東京在住の北條早子さんは、昨年（二〇一一年）五月に国立ハンセン病資料館で開催した「塔和子展」に来てくださった。私は、この塔さんの生家跡でこのような出会いがあったことを思って、この場所にも塔さんのもう一つの「詩碑」があればいいと思った。そこからもう少し足を進めた高台に、寛永時代から続く塔さんの先祖の墓があった。その場所から見下ろすと、田之浜の家並みがほぼ一望でき、その向こうに宇和海が光っていた。柔らかく吹きぬける潮風が心地良い。私は「在る」という詩を思い出した。

父と母が出会わなければ
無かった私……
その父母の
その父母の
始祖なる出会いを重ねて在るいのち

（『日常』「在る」部分）

愛媛県西予市明浜町田之浜の生家跡。2005年12月撮影

塔さんの人生の起点はこの墓にあり、そこにつながる村の人たちの過去と現在、生と死が共存している。故郷とはそういうものだと思った。

この日、私たちが車で田之浜に着いた時、バス停のベンチに四、五人のご高齢の女性の方々が座っておられた。その前に車を止めると「あれ、神戸の車だ！」とナンバーを見た方が言った。この村の日常では珍しいことなのだ。「塔和子さんをご存知ですか」と聞くと、「知ってます。知っていますよ！」と異口同音に言葉が返ってきた。私たちがここを訪れた経緯を話すと、皆さんはニコニコとして聞いてくださった。「写真を撮ってもいいですか？」と言うと、「いやいや、駄目でーす」と顔をそむけられたので断念した。「塔さんの生家跡はどこにありますか」と聞くと、「その前の細い道をまっすぐに行きなさい」と教えてくださった。本当は知っていたが、何だかもっと話したくなって聞いてみたのである。数分間の会話だったが、この方々は田之浜出身の塔和子さんのことを誇りに思っておられるように感じた。故郷を離れて七十年の歳月を経ていたが、同郷の友の温かいこころのつながりは切れていなかった。

塔さんの故郷を想う詩は単に感傷的なものではなく、自らのいのちの始祖に思いを馳せ、自己存在のルーツを訪ねることであると思う。ハンセン病によって、あるべき人間関係、とりわけ「家族」の絆を断ち切られた人びとにとって故郷は特別な意味を持つ。だからこそ隔絶という闇の世界から解放され、故郷の自然と人びとに温かく歓迎された塔さんは、今こそ「こころをゆるめて、ながくのびる」ことができるのだろう。私は文学碑除幕式に参加した時も、ここに懺悔と赦しと愛にもとづいた人間関係の回復が実現していると思った。改めて故郷を詠った「羊」という詩を深く味わいたい。

羊

煮ているおかずの匂い
やかんの尻をなめるいろりの炎
むぎわら帽子の中の野苺のかがやき

なげ出された野良着の暖かいしみ
畑のでき具合を母に話している父の声
まきをくべながらきいている母の姿
近所の子供と遊んでいる弟妹のはずんだ声を
　少しずつすこしずつ包んでゆく暮色
　みかん色のはだか電球
この家はいつまでもあり
この暮らしは永遠につづいてゆくのだと信じていた
少女の日のまるい心
　療園のくらしに
どうしようもなくかわき
　ひびわれ　とげだつとき
それらは
胸の奥で乳のようにうるんで
なめらかに私を包む
私はその優しいものを

ひりひりとしみる傷口に
こころゆくまでしみこませて
　やっと安らぐ
血のふるさとにうえかわく
一匹の羊

（『未知なる知者よ』より）

6　希望よあなたに

塔和子詩集を最初から読んでいくと、その後半あたりから文体が柔らかくなって、分かりやすい内容になっているという読者が多い。その理由の一つは、「希望」をテーマとする詩が多くなったからだと思う。それらの詩群の舞台の主役は、「明日」「希望」「光」「蕾」たちである。

待つ

私はいま暗いところにいて
どこからか光のさすのを待っている

私はいま未知数だから
明日という日を待っている
人に
待つという希望を与えた大いなるものよ
もし
この優しいことがなかったら
人は死んでしまう
いつか必ず
光はさすと思えるから
あるいは
あの芽生えがある
あの日がくると
ほのぼの思うこの希いがあるから
どんなに暗いところでても
生きていられる
そしていつか必ず本然の姿を

見つけて叫ぶのだ
出会いだ光だ
喜びだと
（『見えてくる』より）

「私はいま暗いところにいて」は、塔さんの居場所を象徴する言葉で、同じように「あそこは暗かった」（『いのちの宴』「蟬」）、「穴の館」（『希望の火よ』「希望の火を」）などの表現がある。そこがハンセン病療養所か、あるいはもっと哲学的な意味なのかは読む人の解釈によるが、それは「光」「明日」「希望」と対極に位置するものである。その意味でこの詩は、ストレートに希望の詩と言えよう。初期の詩集『分身』に「前方」という詩がある。

たたずむとき／目を向けるのは前方／足を踏み出すのは前方／手を差し出すのは前方／すべての動作は／前方をもとめ／前方をひらき……前方は勝利／前方はすくい／すべての希望は前方にだけ光り／すべての期待は前方からやってくる……ひとつの求道のために／前方へ／前方へ／真直にあるいてゆきたい
（『分身』「前方」部分）

あまりに明快な表現なので、ちょっと力みを感じないわけでもないが、この「前方」が「後方」にあるものとの葛藤をへて、さらに純化された明日への希望の詩が生まれて行ったのだと思う。

蕾

最も深い思いをひめて
最も高貴な美しさをひめて
最も明るい希望をひめて
　蕾はふくらんでいる
明日へ
明日へ
静かにふくらみは大きくなる
こらえ切れぬ言葉を
胸いっぱいにしている少女のように

つつましいべに色を

澄んだ空間にかざし
ボタンの蕾がふくらんでいる

（『私の明日が』より）

私の大好きな詩のひとつである。なんと美しく希望に満ちた詩だろう。七十歳を越える年齢を重ね、目に見える肉体は日々衰えるけれど、塔さんの人生はまだ蕾であり、「明日へ／明日へ」と膨らむ希望の花。そして、生きようとするいのちの激しさは、「希望よ／あなたに」と一段とギアを上げて高揚する。

わき目もふらず食べて食べて食べて
優雅に肥え
深い深い思いをもって
希望よ
あなたに近づきたい

（『私の明日が』「希望よあなたに」部分）

このフレーズは、私たち「塔和子の会」が編集して二〇〇八年六月に発行した文庫判の詩選集のタイトルとした。第十七詩集『希望の火を』の「餌」という詩の「明日という餌に／食いつこうとしている／一尾の魚」という部分が、二〇〇四年十月十四日の朝日新聞「天声人語」で、集団自殺でいのちを蔑《ないがし》ろにしている若者たちに向けて引用されたことは、前述したとおりである。この詩集の「後記」の内容は、きわめて重要な塔和子のメッセージだと思う。

どんなつらい時も、向こうにかすかながらでも希望の火が見えていれば、人は堪られるものだ。今の私はうなぎであると詩いましたように、人の館にたてこもり自分のような身体不自由者でも、安心して外へ出られる世間になることを、希望として待ちたい。そして大らかな幸福感のおとずれるのを待ちたい。

（『希望の火を』「後記」）

「苦悩よ／おまえが深ければ深いほど／暗ければ暗いほど／その先に見える光は大きかった」（『見えてくる』「苦悩」部分）と詠った塔和子の詩は、明日へ明日へ、希望よあなたにと、いのちの尊厳と希望を語るメッセージへと昇華した。

7　夕映えの彼方に

塔和子さんは、二〇一三年八月二十八日（水）、急性呼吸不全で亡くなられた。八十三歳の生涯だった。第四章の「訪問ノート」で、私が塔さんの葬儀に参加できなかった事情を書いているが、牧師である私は予め親族から塔さんの葬儀の司式を依頼されていたが、入院中のため責任を果たせなかった。その後退院してからは、「召天三十日記念礼拝」、「偲ぶ会」、「納骨(分骨)式」の司式をさせていただいた。マスコミは一斉に塔さんの死を報じ、追悼記事を掲載した。十一月三日に、「塔和子の会」主催で、大島青松園の大島会館で「塔和子さんを偲ぶ会」を開催、一三〇人が参加した。翌年三月十七日に、故郷の西予市明浜町の井土家の墓に、本名「井土ヤツ子」の名前で納骨された。六月一日に、「塔和子の会」が、『いのちを紡《つむ》ぐ　詩人・塔和子追悼集』を発行した。

塔さんの死について、私の想いは溢れるばかりだが、ここでは文芸誌『火山地帯』に出した納骨(分骨)式についての記事を転載することで、ひとつの報告としたい。

名前を刻む

川崎正明

(前略)ハンセン病により療養所に入所する時、ほとんどの人が偽名を名乗った。本名が世間に洩れた時、故郷の親族が差別されるからである。本名を隠して生きることの辛さがどのようなものであったか。人としてのアイデンティティを封印することが、生き抜く条件だっ

弟・井土一徳さん。分骨式で本名・井土ヤツ子を墓誌に刻む。2014年３月17日

た。多くの入所者たちは偽名のままで他界した。故郷の墓に埋葬してもらえないので、各療養所には独自の「納骨堂」があった。そんな実態を、邑久光明園の入所者だった故・中山秋夫さんは、「全景に火葬場のある療養所」「納骨堂帰れぬ骨を隠す場所」「かくれんぼ終わった偽名もやす荼毘」「大空へ偽名が消えて行く煙」とうたっている。単なる文字ではすまされない「名前」に命をかけたこだわりがあるのだ。

本誌一七六号で、大島青松園に在住した詩人・塔和子さんの逝去を書いたが、その塔さんの遺骨が、二〇一四年三月十七日、園の納骨堂から故郷の愛媛県西予市明浜町田之浜にある両親の墓地に分骨された。「塔和子の会」代表者として参列し、牧師である私がその儀式を司ることになった。

この分骨式には大きな意味があった。親族が、生前の塔さんの遺志に応えて本名「井土《いづち》ヤツ子」を墓石に刻んだのである。このことは同時に、親族が元ハンセン病患者の兄弟であることを公開したことになる。勇気あるカミングアウトである。弟さんが、本名を刻んだ墓誌を手でさすりながら「姉さん、やっと帰ることができたね。地元のひとの温かい心で迎えることができたね。父さん、母さんとゆっくり話して」と涙ながらに語られたことが印象的だった。塔さんが四十四歳の時に出版した詩集『分身』に「名前」という詩がある。

名前

私の名よ
私というかなしい固有名詞よ
私は
私の名によって立証され
どこまで行っても
私は私の名前によって
私であることが通用する

四畳半の部屋の中で
しばしば呼ばれ

しばしば返事をする
親しく小さな名前よ

故郷の村境の小道から
亡命した私の名前
ああしかし今も
私の名は
閉ざされた小さな世界の中で呼吸している
私の影のように
やっかいで愛しい名前よ

私がいると名前も有り
私が立ち去ると名前も消える
はかなくやさしい名前よ

忘れられたり現れたり

私が所有する唯ひとつの私自身
それがなければ私ではない
馬鹿くさく滑稽で
厳しい存在の立証　（後略）

（『分身』より）

分骨式は、塔和子が本名の井土ヤツ子として、普通の人間の尊厳を取り戻した瞬間であった。その感動の出来事を各新聞が報道した。終焉期を迎えたハンセン病療養所に生きた人びとの最期の象徴的な姿である。

宇和海の入江と新緑の山に挟まれた小さな田之浜村、その日は快晴だった。参列者は、塔さんが好きだった赤いバラを墓前に献花した。そして最後に、塔さんの愛唱歌「ふるさと」を合唱した。特に塔さんが好きだった三番の歌詞「こころざしを果たして／いつの日にか帰らん／山は青き故郷《ふるさと》／水は清き故郷」を歌った時、雲ひとつない天を仰いで感無量になった。そしてその時、中山秋夫さんの川柳にあやかって一句が浮かんだ。

故郷《ふるさと》の墓誌にいのちの名を刻む

（二〇一四年七月一日、文芸誌『火山地帯』一七八号より）

瀬戸内海の朝夕の陽光は美しい。塔さんと同じ大島青松園の入所者で、キリスト教霊交会代表の脇林清さんは、玄人はだしのカメラマンで、瀬戸内の美しい風景や大島の自然を撮影しておられるが、とりわけ日の出と夕陽の美しい風景を撮影し、その様子を「不意に空と地平を分ける狭間から太陽は登り、その煌めく光はあらゆるものを目覚めさせる……」と表現し、瀬戸内の神秘的な光のドラマをレンズに収めておられる。

塔和子さんも同じ島に住んでいて、七十年間も瀬戸内の自然と向き合いながら生きて来た。塔さんはカメラのレンズではなく、「詩」とい言葉でその風景を表現してきた。

夕映え

私の人生は
朝も過ぎ昼も過ぎ
夕日のいまだ照っているような
しばらくで
どこからか

元気を出して元気を出してと
はげましてくれているような
そう
元気でいたいほんとうに元気でいたいと
足の痛いのをがまんして
そんな言葉を
つぶやくこの日頃
それでも
あなたはまだ若いと言われれば
その気になり
ひそかに喜んだりして
人とは
なんと他人の言葉に左右されやすいものだろう
そして
つつがなく生きた今日すてきな
夕映えを見て

島の桟橋から見た夕陽（撮影・脇林清）

終わりのときはあのようにありたいと
ひたすらに希う
私です
（『今日という木を』「夕映え」）

この詩には、塔和子の一生がすべて表現されていると思う。その一行一行に塔さんの在りし日の姿が映っている。そして、「つつがなく生きた今日すてきな／夕映えを見て／終わりのときはあのようにありたいと／ひたすらに希う／私です」との結び。塔さんが言うこの夕映えは、これまで繰り返し見て来た瀬戸内の夕陽に違いない。そして、この瀬戸内の夕映えは、同じ海につながる故郷の宇和海の入り江にも映えるであろう。

生きる

顔の上に白い布がかかったとき／初めて／その人の人生はまとまって／すばらしい人であったとか／もうひとつ恵まれない人生であったとか／友人知人が集まって評価をくだす／そのときこそ／亡くなった人はより鮮明に／人々の頭の中をかっぽするのだ

（『今日という木を』「生きる」前半）

この詩が言うことを、今まさに私がしているのである。死者を美化したり酷評したり、「死人に口無し」である。この詩の後半。

死
それによってまとまる生を
生きて
他人の目の外に在ったことも思い
また注目されているとも思って
どう思おうと

それでしかあり得なかった生を
生きるしかなく
生きてきたもの

（『今日という木を』「生きる」後半）

「それでしかあり得なかった生を／生きるしかなく／生きてきたもの」。見事な人生の総括である。それ以上でもそれ以下でもない、ありのままの塔和子の人生の幕が下りた。塔さんは、いのちの証しである千編を数える分身たちを遺して、夕映えの彼方に旅立ったのである。

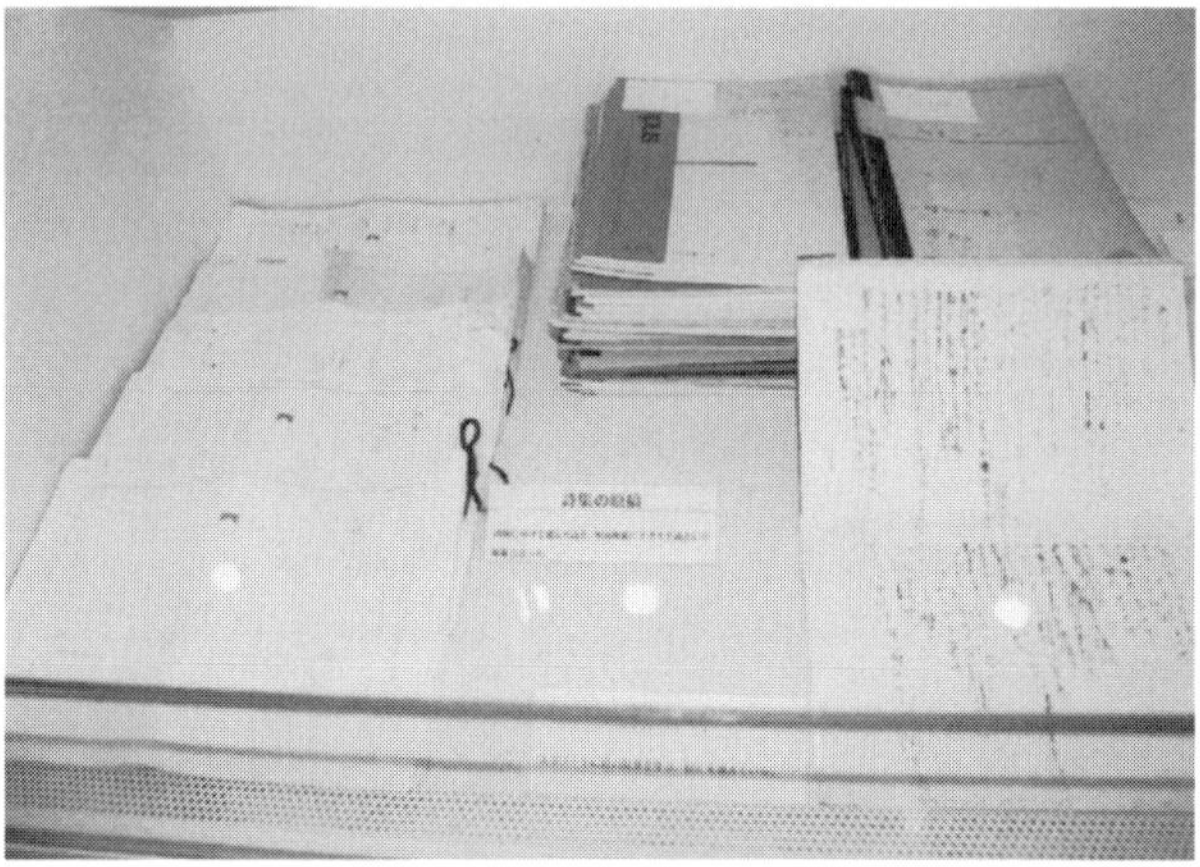

詩作ノート。国立ハンセン病資料館「塔和子展」より（2011年）

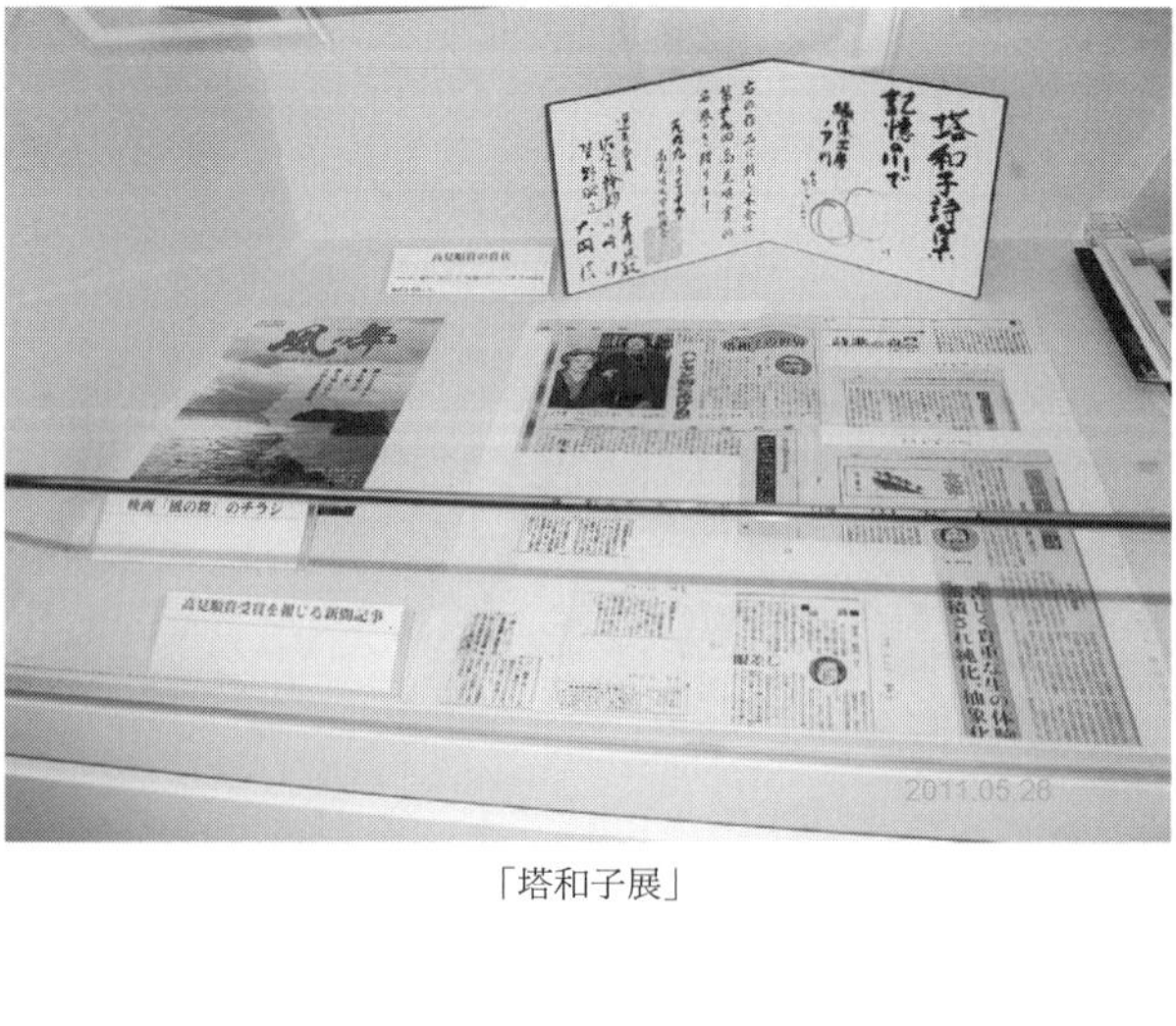

「塔和子展」

第三章
一条の光を見つめて

大島キリスト教霊交会の礼拝風景、2011年3月9日

1　キリスト教との出会い

塔和子の詩における重要なテーマの一つは、詩群のジャンルとして挙げたように、「宗教的モチーフ」である。人間にとって宗教に帰依することは誰にでもあることで、社会にいろいろな宗教があり、その信者が存在する。その入信の動機もさまざまである。

ハンセン病を病んだ人たちの多くは、宗教によって救われ、その苦しみを克服したと言われる。ハンセン病療養所における宗教に属した入所者は八十七%ほどで、一般社会と比較して遥かにその密度が濃い。とりわけキリスト教信徒の割合は三十一%で、日本社会での一%に比べれば突出している。療養所に入所する際に、葬儀の時に備えてどこかの宗教団体に入るように勧められた。入信の動機がそういう事情であったことで、中には形式的な信仰に終わった人もいたかもしれないが、逆に信仰によって新しい光を見出した人も多かった。

大島青松園にはプロテスタントとカトリックの二つの教会がある。プロテスタントはどこの

洗礼を受けた大島キリスト教霊交会会堂

教派にも属さない単立の「霊交会」という教会がある。塔さんはその教会に通うようになり、一九六四年（昭和三十九）に、井上明夫牧師から洗礼を受けてクリスチャンになった。三十五歳だった。その当時の記録がなく詳細は不明だが、その後の詩作の中でキリスト教の影響を受けていることは間違いない。入信九年後に第三詩集『エバの裔』を出版して、H氏賞候補となった。旧約聖書創世記三章の「アダムとエバの物語」を素材にして書いている。この詩集が生まれた背景には、明らかに聖書を読んだ塔さんのキリスト教との出会いがある。

しかし、塔さんの詩には直接的なキリスト教的表現（神・聖霊・キリスト・信仰・十字架・天国・福音等々）は少ないが、間接的、文学的な表現として随所にキリスト教（宗教）をモチーフにして書いた詩がある。ただ、その言葉が象徴する意味は私の解釈であって、著者が表現しようとする意味合いと異なる場合があるかも知れない。全詩集から、それらを列挙する。（詩のタイトルの下の丸括弧は宗教的と思われる表現。二重括弧は詩集名）

「柱」（一本の柱）――『はだか木』
「きざはし」（きざはし）――『分身』
「聖なるものは木」（聖なる木）――『聖なるものは木』
「未知なる知者よ」（未知なる知者、師）――『未知なる知者よ』
「向こうから来るもの」（向こうから来るもの、光る糸）――『不明の花』
「掌《たなごころ》」（大いなるものよ）――『見えてくる』
「古木」「救護」「さしまねく」（あなた、光るもの）――『私の明日が』
「祈り」（神よ）――『希望の火を』
「一条の光を」「大地」（一条の光、大地）――『大地』
「無事」「運命」（命・運命をつかさどる大いなるもの、不思議なものの力）――『今日という木を』

2　生の根底を支えるもの

自己の存在の根源を見つめる塔和子の目は、その存在を支えるもの、大いなるものの存在へと向けられる。存在の現実（生活の座）↓いのちの根源↓大いなるものへと昇華される。

柱

しらじらと続いている
この道の傍《かた》えに
一本の柱が現れたら
私は
柱が砕ける程抱きついてやろう
そして
頬ずりし
耳をくっつけて

柱のささやきを聞こう
その
地より天に直立する
立体の頼もしさに涎《よだれ》を流そう
その
動かない姿勢に対《む》かって
全身をぶっつけ
柱の愛撫を受けよう
ああその
唯ひとつ人間に残された支柱よ
依存の優しさよ
人間を待伏せしろ

（『はだか木』より）

自己のいのちは、確固たる一本の柱によって支えられている。「一本の柱」とは何か。「動かない姿勢」で「地より天に直立する」もの、それは明らかに宗教的な意味で「神の存在」を象徴している。その「一本の柱」に、それが砕けるほど抱きつき、頬ずりし、ささやきを聞き、涎を流し、全身をぶっつけるという。そこまで徹底して自分の身を預け、依存する存在に、塔さんは自己の存在根拠を明確にしている。この詩が、塔さんの最初の詩集『はだか木』に収録されているところに注目したい。

また、この詩を書いて三十九年後（七十一歳）に「古木」という詩を発表している。その内容を見れば、塔さんの姿勢がぶれていないことが分かる。

あなたがそこに在るだけで／なによりも力づよい／りいんとした存在の内側から発する声をききながら／大きな安逸を与えられ／深い／深い思いにたたされる／ただそこに在るだけであなたのゆるぎない生の強さは／勇気をもたらせてくれ／希望をもたらせてくれ／あなたによりかかると遠いとおい根源《こんげん》へのなつかしさを／わたしの中にしみとおらせてくれる／その大きさ／私はいまゆったりとした広がりの中に／心をひらき／大海にいだかれているくらげのようにやわらかくいる／あなたよ／あなたはただひたすらに／あなたを生きることによって／こんなにも偉大です

（『私の明日が』より）

私ならこの詩の題を「あなたがそこに在るだけで」とでもつけたいところだが、塔さんは文中にない「古木」とつけている。それは「あなた」と呼びかける方と同じである。この「あなた」は、「りいんとした存在」で、そこに在るだけで力強く、揺るぎない偉大な存在。そのあなたは勇気と希望の根源だという。またいのちは、「頬をつけると／暖かくて／力強いいのちがつたわってくる／それがなければ生も死もない」（『大地』「大地」部分）大地によって支えられている。「柱」「古木」「大地」という言葉は、いのちの存在の根拠を示す表現であろう。

3　神へのきざはし

第二詩集『分身』に「きざはし」という詩がある。塔さんはこの詩を作る五年前に、園内の教会で洗礼を受けている。受洗を踏まえて読めば、実に内容のある詩だと思う。

きざはし

ざせつではない
階段なのだ
私がてらしたのは
この世のくらしにおごる人ではない

完璧なあなただ

ざせつしたのではない
いまはあなたへのきざはしにひれふして
きびしく鞭打たれる試練のときなのだ

人は笑う
私の生の不器用さを
でもやっぱり挫折したのではない
あなたによって不器用になれる自分を
愛せるのだから

手をかして下さい
十字架の上であなたが
父なる神をお呼びになったように
いま私も

あなたを呼んでいるのです

此の世のことを捨てきれない私は
あなたにてらしてなんと弱く
なんと小さいのでしょう
でもやっぱり挫折したのではない
あなたにてらすときだけ
私はみにくく愚かです
その寛大な愛にてらす故
その清らかな美にふれる故

おおそれは
一段高いあなたへのきざはしに
手をかけた
私の貧しい誕生です

（『分身』より）

「きざはし」とは、階段とか梯子段と同義語。前述の「柱」という詩の中で「地より天に直立する柱」という言葉があったが、旧約聖書の創世記にある「ヤコブ物語」を連想する。

イスラエル民族の祖先の一人であるヤコブは、狡猾な知恵によって兄エサウを裏切ったことで、兄の殺意から逃れるために野原に旅立つ。その途上で梯子が地上に立っていて、その頂が天に達し、神の御使い（天使）が上り下りしている不思議な夢を見た。有名な「ヤコブの梯子」という伝説である。ヤコブの傷ついたこころ、兄を裏切った悔いと反省、神から見放されて逃亡している自分の姿。そんな深い挫折の中にあったとき、天使（神）が降りてきて神とのつながりを促し傷心のヤコブを見捨てない、夢に見た梯子はそのことの象徴だった。

塔さんがこの物語を踏まえて詩作したかどうかは分からないが、非常に信仰的な内容だと思う。神の前での小さな自分。醜く愚かで、この世のことを捨てきれない、不器用で弱い自分。しかし、それは挫折ではない。十字架上のキリストが神を呼ばれたように、自分もあなた（神）へのきざはし（階段・梯子）に手をかけて、「手を貸して下さい」と懸命に求めている。「おおそれは／一段高いあなたへのきざはしに／手をかけた／私の貧しい誕生です」と、神へのきざはしに手を伸ばしている。このありのままの姿の「求道者」に共感を覚える。

4　運命をつかさどる「師」

存在の根源を見つめる目は、さらに高みに向けられ、その詩は昇華されていく。一九八八年に出版された『未知なる知者よ』の中の「師」という詩は、宗教的モチーフが鮮明に表現されており、いつも私のこころをひきつけている。

師

私は砂漠にいたから
　一滴の水の尊さがわかる
海の中を漂流していたから
　つかんだ一片の木ぎれの重さがわかる
闇の中をさまよったから
　かすかな灯の見えたときの喜びがわかる

苛酷な師は
私をわかるものにするために
一刻も手をゆるめず
　極限に立ってひとつを学ぶと
息つくひまもなく
　また
　新たなこころみへ投げ込んだ

いまも師は
大きな目をむき
まだまだおまえにわからせることは
行きつくところのない道のように
あるのだと
　愛弟子である私から手をはなさない
そして
　不思議な嫌悪と
親密さを感じるその顔を

近々とよせてくるのだ

（『未知なる知者よ』より）

「師」は、明らかに神の存在を意識している。自分が体験してきた理不尽な境遇に対峙して、その苦難を克服しようとする強い意志を語っている。最初の六行は、見事な逆説的な表現である。〈砂漠〉―〈一滴の水〉、〈海の中の漂流〉―〈一片の木ぎれ〉、〈闇〉―〈かすかな灯〉という対比によって、いのちの「尊さ」、「重さ」、「喜び」を語る。「苦悩」を経験することによって「喜び」を知るという逆説的な価値観である。聖書では例えば、「苦しみにあったことは、わたしに良いことです。これによってわたしはあなたのおきてを学ぶことができました」（旧約聖書詩篇一一九・七一）とか、「悲しんでいる人たちは、さいわいである。彼らは慰められるであろう」（新約聖書マタイによる福音書五・四）というように、逆説的に真理を語っているのと同じである。

この「師」は、極限にある者の側にいて、生きることの本当の深い意味を分からせるために、あえて厳しいこころみ（試練）を与えている。それが運命をつかさどる師（神）の業《わざ》なのである。同じような表現で「苦悩」の克服を語る詩がある。第六詩集『いちま人形』（一九八〇年）に収録された「苦悩」。

苦悩よ
私の跳躍台よ
おまえが確かな土地であるほど
私は飛ぶ
深い海であるほど
私は浮き上がろうとする

（『いちま人形』「苦悩」部分）

塔和子にとって、苦悩は生きるための跳躍台。苦悩と向き合いながら、「おまえ（苦悩）の土地／おまえの海の中から／私の花は咲く／私の明るさは満ちる」（同「苦悩」部分）という。さらに、苦悩に向かって「いつもおまえと道づれだった」と語りかけ、「苦悩よ／おまえが深ければ深いほど／暗ければ暗いほど／その先に見える光は大きかった」（『見えてくる』「苦悩」部分）と言い切るのである。塔さんは『未知なる知者よ』の「後記」で次のように述べている。

聖書では、大きな苦しみや、嘆きにあうことを、試練だと申しております。私もいのちの川の流れの中で、いくたびも幾度も苦境に立たされ、世を憎み、自分の人生を嘆き悲しんだことがありました。しかしそんな気持ちを詩に書いたとき、ああ、あれは私に、こんなことを考えさせるために、私の運命をつかさどる師が、あの苦しみを味わわせてくれたのだ。

あの苦しみがなかったら、またときには飛び上がるような歓びの日がなかったら、私はこんなことを考えずに、またこんな思いを知らずに、ただ日を重ねるばかりであったことと、身のひきしまる思いが致します。いずれにしても大きな力をもった師を通して私は学ばせてもらいました。そこにあって、私は怒りながらも考え、歓びながらも考え、地の底にいるような暗い思いにいるときにも考え、そのときときに詩を産み出しました。

もし私に、このうごかしがたい大きな力をもった師が見えなかったら、どんなに不幸なことでしたでしょう。思えば私はいつも師の声をきき、師の思うところにあったのです。愛弟子である私を、息つくひまもなく、新たな試みへ投げ込みなげこみ、手をはなさない師のもとにあって、憎々しく思いながらも、絶望的な思いを抱きながらも学ばせてもらったのです。これに過ぐる恵みはありません。

5　一条の光を見つめて

塔和子が自己の存在を凝視するとき、苛酷な現実を諦観するのではなく、大きな目をむいて自分を見つめる「師」に視点を向ける。さらにその目は、「大いなるもの」が放つ「一条の光」

へと向けられる。

一条の光を

私の足跡は大地が受けとめてくれる
水分によって保たれている肉体は
人の情けによって泣いたり笑ったりし
私の涙は風や陽がぬぐってくれる
生きることは
蹴散らされるように激しかったり
小川の流れのように静かだったりするが
いっときの休みもない
大いなるものよ
私はどのように生きても
ただただあなたという
一条の光を見つめて止むことがない

砂漠の中で一点の光を
見つめて
あるいている人のようだ

（詩集『大地』より）

闇ゆえに光を求め、師を仰ぐ塔和子の詩は、どこまでも人間肯定の詩であり、生きる勇気の賛歌へと昇華される。「大いなるものよ／私はどのように生きても／ただただあなたという／一条の光を見つめて止むことがない」。暗闇の中にいるものほど、この一条の光を待ち望んでいる。この詩は、第一詩集『はだか木』から四十一年を経て作られた第十八詩集『大地』（二〇〇二年）に収録されているが、非常に落ち着いたこころで綴った希望の詩である。そしてそれは、〈大いなるもの〉〈あなた〉〈一条の光〉を見つめて生きるという塔和子流の信仰告白とも言えよう。さらに、光をテーマにした詩として、「光る糸」（『不明の花』）や「さしまねく」（『私の明日が』）が挙げられる。「さしまねく」という詩は、前述の「きざはし」と同様にひたむきな求道者の姿をうたっている。

さしまねく

遠いとおいはるか彼方に
光るものがある
高い高いはるかな天に花がある
私は歩いている
息せき切って
光るものへ手をのばしながら
私はよじ登っている息を切らして
天の花へとつま立ちしながら
けれども
光はつかんだと思うと
そこは光らなくなり
花へとどいたと思うと
その花は平凡な花になる
そして
顔を上げると
やっぱり

私の光は遠く
花ははるか高みに在って
私をさしまねくのだ

（『私の明日が』より）

光るもの・天の花に手をのばし、そこに至ろうとするがなかなか届かないもどかしさ。しかし諦めないで懸命に「私をさしまねく」方に向かう求道者。また、「あるとき見えるのだ／糸の中の／一本だけ強烈に光る糸が／光る／その一本の糸を／これだと思う確信にみちて見る／そして／花が咲くのと同じはげしさで／人は／自分をしばっている日常の萼《がく》を／おしのけ／おしのけ／その／光る一本の糸の方へ／熱いあつい花びらをおしひらく」（『不明の花』「光る糸」）と詠い、絶えず光を求めて生きようとする。

6　生かされているいのちひとつ

塔和子詩集の中の「宗教的モチーフ」というテーマで読んできた。そこで見た私の塔和子像は「一人の求道者」だった。教会の礼拝によく出席したとか、献金をきちんとしたというようなことではなく（実際に私が出会ってからの塔さんは、そういう面ではあまり熱心ではなかっ

たと思う)、いかに一生懸命に生きようとしたかということであって、そういうありのままの
姿をさらけ出して書いた祈りのような詩がある。

掌《たなごころ》

今日
一節の聖句も読まず
一篇の詩もかんしょうしなかった
つかの間の人生の中の一ページの空白
それがどうしたと言うのだ
どうもしないけれど
たぶんどうかしたのだ
私は全く
今日という日を生きていなかったことになる
その残念さ
心をかきむしりたくなるようなさびしさ

大いなるものよ
このさびしさを癒して下さい
そして
あなたの掌《たなごころ》の中の
小さな私を安らわせてください

（『見えてくる』「掌」部分）

その詩の中に直接的な宗教的表現がなくても、塔和子の詩はトータルに「生きた魂の証し」である。最後の詩集となった十九冊目の『今日という木を』に収録された「無事」という詩を読んで、塔和子の人生はその命をつかさどる「大いなるもの」の摂理の中にあったのだと信じる。

無事

生きている
生命力という力を持たされている
その力が私の中にあるあいだ

生きているのだ
それを生かされているというのだろうか
その生命力はどこからくるのだろう
　生きとし生けるものの
命をつかさどる大いなるものの
タクトにつられて
運命が展開し
笑いながら泣きながら
　くやみながら満足しながら
下りるすべのない
時の舟に乗って
未来をかきわけながら
日々近づいている
どこかつかみどころのない不安
なんだかわからない安らいを包んで
私という

いのちひとつ
今日も
無事に
生かされている

（『今日という木を』より）

第四章
塔和子さんを訪ねて
――二十六年間の訪問ノートから

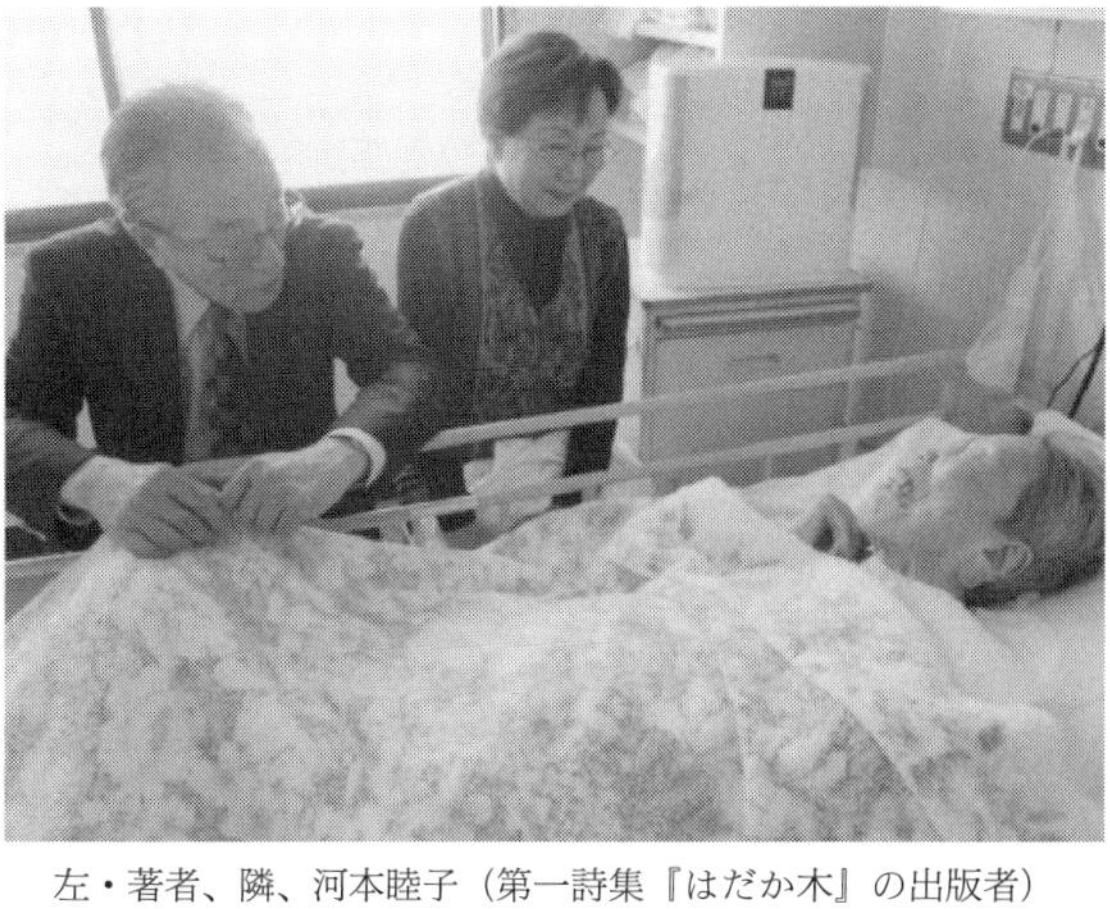
左・著者、隣、河本睦子（第一詩集『はだか木』の出版者）

塔和子さんを訪ねて二十六年、その交流の果実として十四冊の訪問ノートが残った。それは、塔さんの島での生活を知る資料である。ここでは、その記録から公にしたいと思う部分を抽出して、交流の日々をたどりたい。

「胸の泉に」―塔和子の詩との出合い

一九八七年二月八日

大島青松園のキリスト教会「霊交会」の礼拝説教を依頼されて訪問。この時同行した好善社社員の乗圭子さんの紹介で、島の桟橋で初めて塔和子さんに会う。帰りの船の中で、塔さんからいただいた自治会(協和会)が発行している機関誌「青松」を読んでいて、塔さんの「胸の泉に」という詩に出合う。その詩の最後の六行「ああ/何億の人がいようとも/かかわらなければ路傍の人/私の胸の泉に/枯れ葉いちまいも/落としてはくれない」というフレーズに衝撃を覚える。その詩を、勤務先の関西学院中学部の「PTAだより」に掲載したことから塔さんとの文通が始まった。

一九八七年九月十三日

全国のハンセン病療養所を訪問する過程で訪ねた。教会代表の曽我野一美さんの案内で塔さんご夫妻宅を訪問、夫の赤沢正美さんに初めて会う。塔さんは一九二九年生まれの五十八歳、赤い口紅と着ておられる花柄の洋服から若い感じがした。赤沢さんは塔さんより十歳上で失明しておられ、喉に重い後遺症があってかすれた声しか出ない。お二人の療養所での生活や、塔さんが一九七三年に出版された『エバの裔』がその年のH氏賞候補になったことなどを伺う。第一詩集『はだか木』と第八詩集『愛の詩集』をいただき、それぞれの表紙裏に「バラの香のほのかにしみる夜の闇目をつむれば幸せ手のとどくごと」「指の先髪毛の先まで生ける身のはずみにはずみて春の草ふむ」という歌を書いてくださった。

一九九三年二月十三日

塔さんの読者三人と訪問。同行者は河本睦子さん（第一詩集『はだか木』出版に協力。古くからの塔さんの友人）、長瀬春代さん（芦屋市立高校教師。大阪中之島の図書館で塔さんの詩集に出合う）、石塚明子さん（県立伊丹西高校教師。息子さんが関学中学部卒業生のお母さん）の三人。夕刻より塔さんのお宅を訪ね、教会代表の曽我野さんと北条医師も同席、三時間半も楽しく懇談する。翌十四日（日）、霊交会礼拝出席の後、昨年園内に建立されたモニュメント「風の舞」（第二章扉写真）を見学。この三角錐のモニュメントは残骨を収めた合同墓で、この島で生涯を終えた人びとの魂が風に乗って島を離れ、自由に解き放たれることを願って「風の舞」と名づけられた。塔さんはこの「風の舞」に寄せて「魂の園」という詩を書いている。

魂の園

今が錯覚の春だとしたら
強制的にふるさとを追われた
過酷なあの日は冬でした

私もいま
目の前の快さにあやされながら
冬の最中に没した
あなた達のそばにすこしずつ
すこしずつ近づいています

生き抜きましょう
暖かい人々の手によって成った
魂の園で
こころおきなく
この肉体から
解放されるために

（大島青松園のモニュメント「風の舞」完成によせて、一九九二年八月作）

一九九三年六月十二日

第十二詩集『日常』出版記念の祝賀会に、長瀬春代さん、乗圭子さんと一緒に訪問。この詩集は、私が紹介した日本キリスト教団出版局から出版された。教会の曽我野一美さんと芝清美さん、北条医師が同席、塔さん宅での祝賀会は盛り上がった。塔さんは感激して「もう、いつ死んでもいい」と言って喜ばれた。『日常』は、初版がすぐ売り切れ、九月に再版となった。

一九九五年八月五〜六日

塔さんの体調がすぐれないという連絡を受け、急いでお見舞いの訪問をすることになった。塔さんは、ここ一年ほどの間に急に弱ってきておられ気になっていた。パーキンソン病を患っているらしく、歩くバランスがとりにくいらしい。しかし、私たちの訪問を喜んで元気になられ、詩についていろいろ話し合った。夫の赤沢さんも一緒に交流を深める。二月二十日に第十三詩集『愛の詩』を出版されたが、塔さんの更なる希望は、『見えてくる』と『記憶の川で』の二冊を続いて出版することである。栈橋での入所者とのお別れはいつも切ないが、塔さんはもうそこまで歩いて来られなくなった。

一九九七年三月二十四日〜二十五日

春休みを利用しての、昨年五月以来約一年ぶりの訪問。二日間に三度塔さんを訪ねた。相変わらず体調がよくないと聞いていたが、思ったよりお元気だった。パーキンソン病のためにめまいがすることもあるが、今は薬を減らすことで調整していると言われた。保健科の北条先生が精神的なケアのために、「塔さんタイム」と称して毎日塔さんを訪れている。塔さんは、多くの人たちに注目されているから幸せだと言われる。詩作に励む塔さんだが、新聞や放送記者の取材が相次いでいるらしい。

一九九七年六月八日

塔さんが右腕の骨折のために入院と聞いてお見舞いに行く。午前中の教会の礼拝に出席した後、芝さんの案内で病棟を訪問。固定ギブスなので一歩も動けない。精神的に辛そうだった。夫の赤沢さんも入院中で、夫婦そろっての病棟の人になってしまわれた。

『記憶の川で』で高見順賞を受賞

高見順賞受賞式。代理出席・左から石塚明子、長瀬春代、河本睦子　東京飯田橋、ホテルエドモンド。1999年３月19日

一九九九年五月三十日

昨年十一月に訪問して以来の半年ぶりの訪問。理由は、私が二月四日から四月十五日までの七十一日間、バイクの自損事故による骨盤骨折で尼崎中央病院に入院、治療していたからだ。入院中に、霊交会の曽我野一美さんと芝清美さんがお見舞いに来てくださった。塔さんからは二度お見舞いのお便りをいただいた。もう一つの大きな出来事は、一月十二日に、塔さんの第十五詩集『記憶の川で』が、第二十九回高見順賞

を受賞したこと。選者の大岡信氏の選評の言葉「自分の本質から湧き出てくる言葉をくり返し追求し、書きしるし続ける」。三月十九日に東京・ホテルエドモントで行われた贈呈式に、読者の河本睦子さん、石塚明子さん、長瀬春代さんの三人が代理出席した。代理に私も依頼されていたが、怪我で入院のため果たせなかった。この日の訪問は、まだ完全に回復していない状態の松葉杖で行ったので皆さんにご心配をかけた。礼拝後、塔さんご夫妻のお宅で昼食を共にしながら、高見順賞のお祝いをし、詩集をめぐる懇談をした。私たち（河本・長瀬・石塚・川崎）の編集で、七月出版予定の『いのちの詩《うた》—塔和子詩選集』を楽しみにしておられる。なお、高松市内で、塔さんの紹介で熱心な読者である平峯千春さん（香川医科大学医学部看護学科助教授）に会った。

一九九九年七月二十五日

いつものように塔さんを訪問。目の辺りに痛みがあり、体調は万全ではない様子。高見順賞受賞後は、読者からの手紙やマスコミからの反響が相次いでいる。NHKからの取材を申し込まれている由。

一九九九年九月二十六日

教会の礼拝後、帰るまで塔さん宅で過ごす。この日の午前一時より、NHKのラジオ深夜便「女の暮らし」で、山根基世アナウンサーによる塔さんへのインタビューが放送された（一〇〇分）。それを聴いたのでお疲れの様子。録音テープの一部を聴かせてもらったが、いい内容だった。十月二十四日にも「こころの時代」というタイトルで放送されるらしい。

二〇〇〇年七月十六日

ご夫婦揃っての入室状態は変わっていない。七月五日に放送されたNHK教育テレビの感想を話す。「にんげんゆうゆう」（病とともに生きる）という番組で、「いのちの声が聞こえてくる」というタイトルで、阿木燿子氏（作詞家）による塔和子の詩の朗読とコメント、塔さんの日常生活が放映された。

二〇〇〇年九月二十四日

礼拝後、入室中の塔さんを、香川医科大の平峯先生と一緒に見舞う。塔さんはとても体調が悪く、ナースセンターの隣室に移され、しかもベッドから落ちる危険性があるとかで、床の上のマットに寝かされていた。話も十分に出来ずとても心配な状態が続いている。夫の赤沢さんは、胃がんの疑いで園外の善通寺病院に入院された。塔さんの不調の原因はそこにあるようだ。

二〇〇〇年十月二十二日

大阪の河本睦子さんと同行、容態が悪化している赤沢正美さんをお見舞いする。善通寺病院から退院された赤沢さんの病状は末期で、非常に厳しい状態だった。ベッドの側で心配して寄り添われる塔さんの姿が痛々しかった。この日、来園された歌手の沢知恵さんに会った。

最愛の夫・赤沢正美さん逝く

二〇〇〇年十一月二日

塔さんの夫・赤沢正美さんが逝去、その前夜式の司式をさせていただくことになった。二日午前一時過ぎに、教会代表の曽我野さんから電話があり、赤沢さんが〇時二十四分に亡くなられたこと、前夜式の司式をお願いするとの知らせだった。当日の学校勤務を休んで、急遽大島青松園に赴く。午後三時からの「協和会館」での告別前夜式。司会は曽我野さんで、私の式辞の題は「土の器」とした。参列者は約五十人。東京から塔さんの友人の石井英子さんが参列。壁にもたれた格好の喪服の塔さんは、放心状態のようなお顔だった。

赤沢正美（本名は政雄）さんは、一九三九年（昭和十四）二十歳で入所。翌年エリクソン牧師から受洗。入所期間六十一年。一九五一年（昭和二十六）十歳下の塔和子さんと結婚。五十二歳で失明するも、歌人として多くの秀作を残された。歌集に『投影』『草に立つ風』がある。塔和子さんの夫であると同時に、詩作する塔さんのよき指導者・教師であった。最期まで癌と闘いながら八十一歳の生涯を全うされた。

二〇〇〇年十一月二十六日

キリスト教霊交会の「赤沢正美兄召天三十日記念礼拝」の説教のため訪問。説教題は「風の旅」。礼拝後納骨堂で、祈りと賛美をもって納骨式を行う。塔さんは病棟に入室中で欠席。やはり淋しそうで元気がない。曽我野さんによると、今後は介護を受けながらの病室での生活になるだろうと言われた。

二〇〇一年四月二十三日

今年になって二度目の訪問。礼拝後訪ねると比較的落ち着いておられたが、言葉が不明瞭で三〇%くらいしか分からない。赤沢さんの死後の寂しさで、かなり不安定な状態が続いているようだ。

二〇〇一年六月三日

塔さんの状態は特に変化はないが、詩作する元気は戻っていないし、またそういう生活環境ではない。このままの状態が続くのではないかと心配である。前日（土）、歌手・沢知恵さんのコンサートが大島会館であり、今朝の霊交会の礼拝に出席された。午後、面会人宿舎で沢さんご夫妻、お母さんの金纓《キムヨン》さん、妹さん家族の皆さんと懇談。沢さんは塔和子さんの詩を歌いたいと願っておられる。

二〇〇一年八月二十六日

病棟の塔さんを訪ねる。最近では訪問というより「お見舞い」のほうが適切かもしれない。だんだん弱くなられる感じで、言葉がよく伝わらない状態が続いている。しかし、このような状態の中でも、次の詩集発行に希望を託しておられる。

二〇〇一年十月十四日

故赤沢正美兄召天一周年記念礼拝が教会で行われ、「内なるものの輝き」と題して説教した。塔さんは欠席だったが、赤沢さんのご友人など二十七人が参列。平峯千春、東京から石井英子、礼拝後に石塚明子、長瀬春代の皆さんが出席した。礼拝後、病室の塔さんを訪問。一度に四人も訪ねたので塔さんはとても嬉しそうだった。詩集発行の件で次のことを確認した。①あと二冊の詩集を出版する。②その後に「全詩集」を発行する。③出版は編集工房ノアへの依頼を見当する。

二〇〇二年二月五日

塔さんの詩集発行の件で訪問。福祉室の丹生将一郎さんに会う。丹生さんは、職員として塔さんのよき理解者であり、身辺的なことのお世話を担当している。また福祉室の係長に会って、塔さんの詩集発行に伴う費用について相談した。塔さんの弟さんに会ってさらに相談することを勧められる。丹生さんと一緒に塔さんを訪問、詩集発行について話す。発行についてはすべて川崎先生に一任すると言われた。出版社の涸沢さんと相談した出版予定は次のとおり。①今年中に、次の三冊の詩集を発行する。『希望の火を』（四月）、『大地』（七月）、『今日という木を』（十月）②『塔和子全詩集』（全三巻）を二〇〇四年から三年間で出版する。編集は主として私と涸沢さんとで行い、編集工房ノアから出版する。塔さんの了解を得た。

二〇〇二年二月十九日

塔さんの弟の井土一徳さんと会うために大島へ。高松港の桟橋で井土ご夫妻と初めて会い同行する。井土さんは現在高知県土佐市に在住、十年ほど前から塔さんを訪ねておられる。福祉室の係長を交えて約一時間、詩集発行と経費について話し合う。今後のすべての出版費用（著者である塔さんの負担分）について保証していただいた。

二〇〇二年五月五日

霊交会礼拝後に塔さんを訪問。四月十四日に私の妻・克子が召天、塔さんからいただいた弔慰金に対するお礼を述べる。また、四月に第十七詩集『希望の火を』が発行されたこと、五月一日に香川県より「教育文化功労賞」を受賞されたことのお祝いを申し上げた。九日に、その知事表彰式に出席されるとのこと。なお、この五月から好善社が派遣する牧師として、原則として毎月の第三日曜日に霊交会の礼拝説教の応援をすることになった。

二〇〇二年十一月十日

香川県の県民ホールで開催された「第44回香川県芸術フェスティバル2002」で、「朗読と合唱で綴る塔和子の世界」が公開され参加した。招待された塔さんは車椅子で出席。この日のために東京の新声会合唱団と県内の音楽家有志で構成された「フェスティバル合唱団」が、柳川直則氏の指揮で「めざめた薔薇」などを合唱、彩音まさきさんが塔さんの詩「胸の泉に」を即興で歌い、「希望」を朗読した。最後に、塔さんが壇上で「演奏には和ませていただいた。

なかなか言葉は出てこないが、最高だった」と挨拶、満員の会衆から祝福の拍手を受けた。また、大岡信氏より祝電が届いた。平峯、長瀬、石塚、宮崎さんら各地から塔和子ファンが参加した。

二〇〇二年十二月十五日

東京シネ・ビデオ株式会社が、塔和子ドキュメンタリー映画「風の舞」を製作のため撮影中で、霊交会礼拝風景を撮影、私もインタビューを受ける。「高見順賞受賞」の報道記事を見て制作を始めた同社の宮崎信恵監督が九月より撮影を始めており、来年三月に完成の予定。また、NHKの高松放送局（矢野あかねディレクター）が、来年の『塔和子全詩集』発行に合わせて、テレビのドキュメント作品を企画、準備を始めている。詩人・塔和子の評価が高まり、マスコミ報道が増えている。今年最後の訪問となったが、塔さんの健康が守られるように祈りつつお別れした。

映画「風の舞」が完成―詩の朗読に吉永小百合さん

二〇〇三年三月二十三日

霊交会の礼拝説教の後、塔さんを訪問。NHK高松支局の矢野あかねさんが、塔和子ドキュメンタリー作品を制作のため来園、取材に協力する。東京シネ・ビデオ株式会社制作の塔和子ドキュメンタリー映画『風の舞』が完成。監督・宮崎信恵、詩の朗読・吉永小百合、ナレーター・寺田農。四月十日に大島会館で完成試写会が行われると聞いた。

二〇〇三年七月二十日

編集工房ノアの涸沢純平さんが同行。礼拝後、塔さんを訪ねる。五月一日に発行された第十九詩集『今日という木を』のお祝いを述べる。この年は、塔さんを巡るさまざまなことが起こっている。映画「風の舞」の完成後、全国各地で上映が広がり、文部科学大臣賞を受賞。四月にはNHKテレビ・四国羅針盤で、「生きて書く―ハンセン病療養所の詩人・塔和子」が放送された。また、新聞・雑誌・テレビ・ラジオなどマスコミに塔さんのことが報道されるようになった。高見順賞受賞作『記憶の川で』の出版が四刷を数えたことも含め、涸沢さんと共に喜びを分かち合った。

二〇〇四年一月十八日

新年最初の霊交会礼拝説教の後、待望の『塔和子全詩集』第一巻（A五判・八三二頁）が完成したので、涸沢純平、河本睦子、平峯千春、泉川雅俊さんらと一緒に塔さんを訪問、出版をお祝いした。NHK高松支局（テレビ）、毎日、四国、愛媛、徳島、山陽、読売の各新聞社が取材し、翌日報道した。また、第六十二回「山陽新聞賞」（文化功労）の受賞が決まり、一月九日に岡山市ホテルグランヴィアで行われた贈呈式に川崎が代理で出席したことを報告、二重の喜びを分かち合った。なお一月十三日に、NHKテレビ・四国スペシャルで、「生きた証し―ハンセン病療養所の詩人・塔和子」（制作・矢野あかね）が放送された。

二〇〇四年二月十五日

大阪朝日放送（ABC）の戸石伸泰アナウンサー（関西学院中学部の教え子）と橋詰優子キャスターが同行。共に霊交会の礼拝出席の後、特別番組を制作のために塔さんを取材。三月七日にABCラジオ日曜スペシャルで「魂の共鳴り～詩人・塔和子とハンセン病、そして人々」が放送された。

映画「風の舞―闇を拓く光の詩」

二〇〇四年十月十七日

この日の塔さんの表情に喜びが溢れていた。

十月二日に高松市内の県社会福祉総合センターで開かれた「第24回全国豊かな海づくり大会」にご出席の天皇・皇后両陛下と歓談、読者でもある美智子皇后より「『胸の泉に』という詩が一番好きです」とのお言葉をいただいたとのこと。

二〇〇五年二月六日

二月一日に発行された『塔和子全詩集』第二巻出版をお祝いするために訪問。涸沢純平、戸石伸泰、諏訪和仁（朝日新聞記者）、熊谷富由美（西日本放送）の皆さんと一緒にお祝いする。三月四日に、西日本放送（ラジオ）が「人生てんこもり・あなたにDON」パート2《詩人・塔和子さんに会いに行く》を放送する。

二〇〇五年四月十七日

霊交会礼拝説教の後に塔さんを訪問。来園中の実弟の井土一徳さんと宮崎信恵さん（「風の舞」監督）と会い、午後から高松市内の全日空クレメントホテル喫茶室で、塔和子詩集などの保存・管理、資料館設立について話し合った。

二〇〇五年五月十六日

東京東村山市の「高松宮記念ハンセン病資料館」から出張の福富裕子さんに同行。福富さんが、「塔和子資料展示」について資料館の成田稔運営委員長からの依頼文書を福祉室に渡す。長尾園長に挨拶後、自治会、「青松」編集室を案内・紹介した。塔和子さんを訪ねて福富さんを紹介し、これらのことを報告し了承を得た。また、次のことを塔さんと確認した。①『塔和子全詩集』、第三巻の編集を始め、その際「随想」を入れること。②「年譜」を職員の丹生さんの協力を得て川崎が作成する。③資料保存・管理のために、六月中に塔さんの家の中を整理する。そのために弟の井土一徳さんほか読者たちが協力する。

塔さんが住んだ家

二〇〇五年六月十一日〜十三日

三日間の日程で塔さんの家の整理を行った。書籍、原稿、詩作ノート、写真、手紙、ビデオ・テープ、受賞関係などを整理して箱に詰め、一時的に川崎の自宅に送り、正式に保存場所が見つかるまで預かる。作業奉仕者は、河本睦子、涸沢純平、元永理加、矢野あかね、井土一徳、川崎の六人。全日程参加の元永、川崎のほかは部分参加で協力した。全員汗だくで作業に集中。塔さんが心配してか、病室から車椅子で二度も見にこられた。

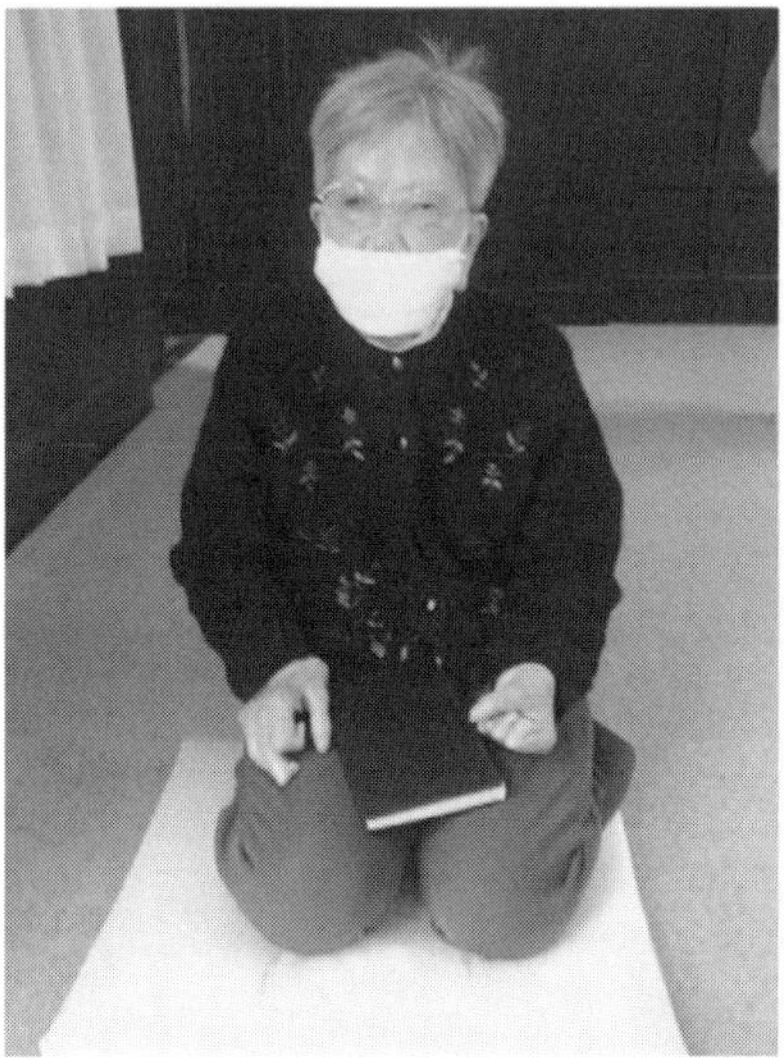
夫・故赤沢正美兄召天五周年記念礼拝に出席
（2005年11月20日）

二〇〇五年九月十八日

塔さんと曽我野一美夫人を訪問。十六日に、香川県立文書館の大西通夫館長を訪ね、塔和子資料保存の可能性について伺ったことを塔さんに報告した。

二〇〇五年十一月二十日

故・赤沢正美兄召天五周年記念礼拝を守り、塔和子さんが礼拝に出席された。奈良の高の原教会の信徒三人が礼拝に出席された。

二〇〇五年十二月二十四日

全詩集第三巻の編集打ち合わせのため訪問。十月二十六日の朝日新聞「天声人語」に塔さんの詩「いのち」（『いのちの宴』）が引用された記事のコピーを届ける。二〇〇四年十月十四日にも「餌」（『希望の火を』）が引用されるなど、「天声人語」に度々塔さんの詩が用いられている。また、十二月四日に高知市中央公園で開催された「じんけんフェスタこうち２００５」で「塔和子展」が催され、私が朝日新聞の諏訪記者と一緒に高知県在住の井土一徳さんを訪ねて、この展示を見てきたことを塔さんに報告した。

餌

私よ
おまえは今日なにをしたか
辞典の中の言葉をむさぼった
本を読んで
深いふかい言葉に出会った
目の見えない夫に常備薬をのませ
三度の食事の介助をした
だからこの一日の終わり
ぐっと地面に立って夕焼けを見ていると
なにかをしたという満足感に
心はほぐれて

うす紅色の夕焼けにほんわりと包まれた
昨日から差し出された今日はまた
手を受けている明日へ
　明日へと暮れて
　闇の彼方へ
そして私は
今日から
明日という餌に
食いつこうとしている
一尾の魚

（『希望の火を』より）

『塔和子全詩集』全三巻が完成―読者と分かち合う喜び

二〇〇六年三月二十六日

『塔和子全詩集』第三巻が完成したので、お祝いのため塔さんを訪問。福祉室の会議室で塔さんを囲んで、全集の全三巻完成の喜びを分かち合った。塔さんは喜色満面だった。同行者は、河本睦子、洄沢純平、長瀬春代、石塚明子、元永理加、井土一徳の皆さん。マスコミ（新聞社七社と西日本放送）が取材、翌日の朝刊に報道された。この日、「塔和子の会」を立ち上げた。設立発起人は、河本睦子・長瀬春代・石塚明子・宮崎信恵・平峯千春・元永理加・洄沢純平・井土一徳・川崎正明の九名。

二〇〇七年一月十四日

霊交会での新年最初の礼拝後塔さんを訪問、比較的元気そうだった。編集工房ノアの洄沢純平さんが、『塔和子全詩集』（全三巻）などの発行を含むその年の出版活動が評価され、「第二十二回梓会出版文化賞特別賞」を受賞されたことを話し、洄沢さんにお祝いの便りを出すことを勧めた。

故郷の明浜町に「塔和子文学碑」が建立

二〇〇七年一月三十日

「塔和子詩碑建立」の件で、西予市明浜町から四人が大島青松園を訪問、私も依頼されたので同行。塔さん、福祉室事務長、職員の山下博之さんと会って話し合う。昨年七月、塔和子の読者八名が連名で、塔さんの故郷に「詩碑」を残してほしいと請願書を出したことに応えて、一月二十六日に西予市で「塔和子詩碑建立実行委員会」が開かれ、今年四月十五日に除幕式を行うことを決定したことを塔さんと園に伝えるために来園された。実行委員長は、西予市教育委員・明浜町区長会会長の増田昭宏氏（元中学校校長）。最初、自分の詩碑は要らないと言われていた塔さんも、この計画をとても機嫌よく了解された。ここで確認されたことは次のとおり。①実行委員会は、西予市全体から人権、教育委員、市役所課長ら二十三人で構成され、西予市市長が積極的に支持している。②場所は明浜町の大早津《おおそうづ》のシーサイドサンパーク交流広場の敷地内。③碑の石は、名所・香川県庵治町から取り寄せている。④碑に刻む詩は「胸の泉に」の全行とする。⑤医師の許可が下りれば、塔さんも除幕式に参加する。そのために必要なことは西予市が全面的に責任を持つ。⑥詩碑建立のために地元で募金を行い、読者の協力もお願いする。⑦このイベントを、人権・学校・社会教育に生かしていくこと。この日、初めて来訪された四人は塔さんに会って大変感激し、改めてこの計画を全市挙げて推進すると言われた。塔さんが除幕式に参加できるように、その健康が保たれることを祈るばかりである。

二〇〇七年三月十八日

霊交会の礼拝後、塔さんを訪ねた。明日（十九日）、西予市明浜総合支所の教育課長・井上敏氏、長瀬春代さんと石塚明子さんが来ることを伝える。四月十五日の詩碑の除幕式に参加できるように勧める。除幕式について、大岡信氏と吉永小百合さんに出した案内の手紙のコピーを渡す。また、三月十日にＡＢＣラジオ放送の「ニュース探偵局」に私が出演し、塔和子詩碑建立除幕式のことを話したが、その録音テープとプリントを渡した。

二〇〇七年五月二十日

神戸の乾和雄さん、奈良・高の原教会の和田京子さんと坂井成さんが高松港の桟橋から同行、教会の礼拝を共にした。乾さんが、「塔和子文学碑除幕式」の写真アルバムを作製して塔さんに届けた。なお、碑は「文学碑」と呼ぶことになり、予定通り四月十五日にその除幕式が、故郷の愛媛県西予市明浜町大早津のシーサイドサンパークにおいて行われた。塔さんは介護を受けながら車椅子で出席、故郷の約三五〇人の大歓迎を受けた。そして、「胸の泉に」の詩が刻まれた「塔和子文学碑」の除幕式が行われた。西予市市長はじめ、地元の熱い歓迎の中で最高の除幕式となった。吉永小百合さんからも祝電が届いた。読者たちも多数が参加した。参加者の一人、石塚明子さんはその感想を次のように詠んでいる。

　生徒らの「お帰りなさい」の声の中車椅子にて詩人進みぬ
　志を果たして今は古里に迎えられにし心中如何に

庵治石に「胸の泉に」は刻まれぬ形も色もやさしかりけり
除幕式の挨拶いづれも身にしみぬ詩に響き合ふ心裡を述べて
隔離され故郷偲びて歌ひしが今故郷で歌ふ「ふるさと」
古里の海見下ろせる高台で人に守られ碑よ永久に在れ

塔さんは、除幕式参加のための遠路の旅でお疲れかと思ったが、案外そうでもなかった。写真を見ながら、数日前の感動的な文学碑除幕式の余韻を一緒に味わった。

二〇〇七年八月十九日

猛暑の一日。久しぶりに塔さんを訪問。比較的お元気のようだが、唇の動きに元気がなく、入れ歯をはめても言葉の七〇%ほどは聞き取りにくい。話しの内容がよくわからない。来年四月に、故郷の明浜町に二つ目の文学碑が建立されることになり、もう一度故郷に帰りたいと希望されている。

二〇〇七年十一月十八日

強風のため帰りの高松便が欠航、急遽庵治便で帰ることになり、塔さんを訪問する時間が少なくなってしまった。私が作成した『塔和子全詩集』（三巻）の総目録を渡した。声が出なくなったとのことで、まったく話が出来なかった。握手した手もずいぶん痩せておられる。このところ急速に老化が進んでいるようだ。塔さんへのケアが十分されているのだろうかと心配になってきた。

二〇〇七年十二月十六日

「塔和子の会」の長瀬春代さんと石塚明子さんが同行して、塔さんを訪問。今年最後の訪問となったが、お二人と一緒なのでとてもよい雰囲気で、一時間以上も話し合い、言葉もよく聞き取れた。話の要点は次の通り。①塔さんの詩集を読んで感動し、励まされている十九歳の死刑囚の関係者から手紙が届いた。②元永理加さんから、梅光学院大学図書館に送った「塔和子資料」は、同図書館では保存できないことになり、国立ハンセン病資料館に移したとの連絡があった。③角川学芸出版から出した『いのちと愛の詩集』は、続編を出すつもりはない。④文庫判の詩集を、第一詩集『はだか木』から順次出版したいとの塔さんの希望は、困難であることを伝える。むしろテーマ別にしたアンソロジーの文庫判がよいとの意見を伝える。⑤来年四月に、故郷で建立予定の第二文学碑除幕式に出席したい。この日はとても充実した話し合いが出来て嬉しかった。

二〇〇八年一月二十日

この日は、詩集発行のことを中心に話し合う。相変わらず既刊詩集の文庫判発行を望んでおられ、角川学芸出版の編集者に問い合わせたとか。しかし私は、その方法が困難であることを話し、改めて出版の可能性を考えてくることを約束した。新年を迎えたこの日、大島青松園の入所者が一三〇人になったと聞いた。塔さんが属する霊交会会員は十五人、礼拝出席人数は平均して七～八名である。

二〇〇八年二月十七日

園内にノロウイルスが流行って大変だったらしい。塔さんも発熱のため個室で静養中だったが、もう落ち着いて大丈夫とのことで訪問した。次の詩集（選集）発行について相談したが、文庫判の詩選集発行については、私に一任するといわれた。塔さんの了解を得たので、夏頃の発行を目指して「塔和子の会」が準備を進めることにした。

二〇〇八年三月十六日

比較的お元気の様子。四月の第二文学碑除幕式出席を待ち望んでおられる。夏に発行予定の詩選集の編集作業を報告。書名を『希望よあなたに』とすることを了承して頂いた。口絵に故郷の明浜町の風景を入れてほしいと希望された。

初めての文庫判『希望よあなたに』発行へ

二〇〇八年三月二十五日

文庫判の詩選集発行の打ち合わせのために訪問。出版社である編集工房ノアの涸沢さんと打ち合わせた内容を報告し、了承を得た。①全詩集から六十篇を、石塚、長瀬、川崎が中心となって選出した。②体裁は文庫判で二〇〇頁まで。定価は一〇〇〇円までにする。③発行部数は二千冊以上。今年六月中に発行する。④塔さんの自費出版としない。出版社と読者で鋭意販売する。⑤推薦文は、『いのちの詩《うた》』の大岡信氏の「跋文」を再録する。⑥「帯文」に吉永小百合さんのコメントをいただくよう、宮崎監督を通じて依頼する。⑦「後記」を塔さんに書いてもらうのでお願いする。⑧口絵と小見出しの写真を、霊交会の脇林清さんから提供して頂くようお願いする。なお、塔さんのよき理解者である芝清美さんが、一カ月ほど前から前立腺癌を患い入院中だったのでお見舞いをした。

二〇〇八年四月二日

塔さんの故郷・西予市明浜町で行われた「塔和子第二文学碑除幕式」に参加した。読者たちの同行者は、宮崎信恵、彩音まさき、涸沢純平、戸石伸泰、戸石るみ子、石塚明子、乾和雄、乾康子、宗近健児の皆さん。塔さんは昨年同様、寝台車で参加されたが、体調はあまりよくなかったようだった。しかし、地元の「塔和子詩碑建立実行委員会」（増田昭宏委員長）を中心に、多くの人たちが準備された立派な除幕式と歓迎レセプションが行われた。二つ目の文学碑は、明浜町田之浜の「大崎鼻公園《おおさきばな》」内に建立され、碑には塔さんの詩「ふるさと」が刻まれた。前回と同じく、西予市長はじめ関係者と明浜中学・小学校の生徒たちも参加した。司会は明浜中学の生徒、彩音まさきさんが「ふるさと」の詩を朗読した。また、今年は大島青松園の自治会の人たちが参加された。歓迎レセプションで塔さんは次のように挨拶された（代読・石塚明子）。

皆様　こんにちは。今日、再び故郷に帰ってまいりました。昨年四月、皆様の絶大なるお力添えにより、私の故郷・明浜町の公園に文学碑を建立していただき、五十年ぶりに帰省することが出来ました。その折には、西予市市長様、詩碑建立実行委員会の皆様、地元の多くの方々の歓迎をいただきましたことを昨日のことのように思い出します。そして今、思いがけず第二文学碑を建立していただき、こんなに嬉しいことはありません。私は十四歳で故郷を離れ、今日まで六十五年間、大島青松園で過ごしてまいりました。その間、私は詩を作ることに生き甲斐を見出し、それらを十九冊の詩集として発行し、さらにそれは全三巻の『塔和子全詩集』としてまとめることができました。その多くの詩の中で、私はいくつもの故郷《ふるさと》を想う詩を作りました。このたびの第二文学碑には、その中の「ふるさと」という詩を刻んでいただきました。目に見える住まいは異にしても、私のこころはいつもこの明浜町のふるさとにあります。本日も、明浜町の皆様とお会いできて感謝しています。とりわけ小中学校の若い人たちも来てくださり、とても嬉しいです。また、全国の読者の皆さんも駆けつけてくださり有り難うございます。昨年の文学碑除幕式のあと、私は次のような短歌を作りました。

塔和子第二文学碑「ふるさと」除幕式

悪戦苦闘せし日もありし吾の手よ休め故郷《ふるさと》の山野美し
掌《たなごころ》に君の温もり残りいて去り行けどなお永遠にと希う

今、この二首をお世話になった明浜町の皆様に感謝を込めてお贈りし、私の挨拶を終わらせていただきます。本日は、本当に有り難うございました。

塔　和子

後日、「塔和子詩碑建立実行委員会」委員長の増田昭宏氏から次のような礼状が届いた。

花らんまんの候、皆様にはますますご清祥のこととお喜び申し上げます。さて先日の塔和子第二文学碑の除幕式には、お忙しい中、遠路はるばるご参加いただきましたこと、感謝に耐えません。今回の文学碑は、前回の第一文学碑の半分と、限られた制作費の中での建立となり、当初建立を疑問視する声も聞こえるほどでした。しかし、このような苦しい状況の中で、次々と力強い協力者が現れ、いつの間にか立派な文学碑の建立となり、多くの協力者のおかげで、二百人を超える参加者による除幕式とレセプションを済ますことができました。皆様と私たちが手を携えて建立したこの文学碑を塔和子さんへの尊敬の証とすると共に、西予市民と塔和子さん、そして塔さんを支持する皆様方との友情の証として末永く守り続け、後世に語り継いでいきたいと考えています。この度ご協力いただきました皆様への心からの感謝の気持ちとともに、今後ますますのご健勝を祈念いたします。有り難うございました。

園外病院に入院―言葉が語れない！

二〇〇八年六月十四日

塔さんが園外の「五色台病院」に入院されたと聞いてびっくり、お見舞いに行った。ＪＲ高松駅から予讃線で六つ目の駅「鴨川駅」で下車、徒歩十分のところにある。精神科の他に内科、外科、眼科などがある。一般には「精神科」のイメージが強い病院だと聞いた。塔さんの部屋のドアは二重になっていて鍵がついているが、施錠はされていない。鼻に管を入れられていた。思ったよりしっかりとしていて「明日、帰ろうかな」などと言われたが、そうは行かないようだった。職員に聞くと、六月五日に入院の際は、体がきゅうっとちぢこまった状態だったそうである。精神障害でないことは分かる。でも、「なぜ、入院なのか」が分からない。発行されたばかりの『希望よあなたに』を一冊届け、その中の「後記」と帯の吉永小百合さんの言葉を読み聞いてもらった。看護師たちに差し上げるために、十冊病院に送るように頼まれた。ベッドから動けないので、やはり衰弱が目立っていた。

二〇〇八年八月十七日

塔さんが七月二十八日に五色台病院から退院後初めての訪問。大変痩せて、声が出なくなっており、ほぼ一〇〇%言葉が分からない。何故だろうか？　まったく話が通じない。とても心配である。本の出版、販売状況、印税のことなどについて話したが、うまく通じない。九月に編集工房ノアの涸沢さんが印税を持ってこられることを伝える。

二〇〇八年九月二十一日

教会の礼拝後、涸沢純平さんと一緒に訪問。先月よりも顔色がよいが、言葉はやっぱり分からない。また排泄が自動的に出来るようにされており、これでは体がますます硬くならないかと心配だ。『希望よあなたに』の印税を、涸沢さんが渡した。塔さんの喜びは格別だった。なお、同じ病棟に入院中の芝清美さんをお見舞いしたが、顔がむくんで厳しい状態だった。意識はあり、私のことは分かっていただいた。（この四日後の九月二十五日午前二時五十分に、芝さんは召天された。昨年四月、愛媛県明浜町で行われた「塔和子第一文学碑除幕式」にお一人で出席されるなど、塔和子さんのよき理解者であった。私は午後から行われた前夜式に出席した）

二〇〇八年十月十九日

十二時過ぎに塔さんを訪ねると、部屋が変わっていた。最初の「先生」という言葉は分かるが、後はいつもと同じ。「おしめ」をさせられており、「トイレに行きたい！」と悲痛な顔で訴えるが、看護師は「交替の時間が来るまで我慢するよう」と言った。相変わらずコミュニケーションが出来ないもどかしさがあり、日々弱っていかれるように思えた。霊交会教会代表の脇林清さんと、教会員である塔さんの今後のことを話し合う。現状ではどうすることも出来ない。塔さんには、療養所内の保護者（入所者による世話人）がいないので、教会がどう対応するかを考えている。もしもの時は、私が葬儀の司式をすること、またその時に備えての外部者関係の連絡リストを作ってほしいと依頼を受けた。

二〇〇八年十一月九日

言葉の内容はまったく分からない。目が乾燥するからとのことで、右目に丸い眼帯をされていた。「防毒マスク」のような感じだった。「点滴」と「おしめ」など、塔さんの体はますます動けなくなっていく。

二〇〇八年十二月二十一日

今年最後の訪問で、教会ではクリスマス礼拝をささげた。入所者の出席八名は、現在出席可能な方々の全員である。教会員である塔和子さんは病棟の人、この日は前日より訪問している彩音まさきさんと一緒に訪ねた。言葉はやはり不明で、「経管栄養チューブ」なるものを鼻から胃に通され、自動的に栄養を注入する処置がされていた。おしめとチューブ、だんだんと塔さんの体は固定化されていく。彩音さんによると、幻覚症状が時々出ているという。この状態では、来年はどうなるのかとても心配である。

二〇〇九年二月六日

「胃瘻《いろう》」（腹部外側からの導管によって胃の内部に水分や栄養を送り込む）の手術のために、二月四日に高松医療センターに入院された塔さんを、弟の井土さんと一緒にお見舞いする。喉からチューブが外れたからか、言葉が戻っていて話ができた。井土さんは嬉しくなって、ベッドの側から携帯電話で親戚のご兄弟たちに連絡された。

言葉が分かるということ、コミュニケーションができるということの大切さを改めて実感した。これで塔さんのストレスが解消されるに違いない。でも、まだ不安がないわけではない。今後、塔さんの食事はすべて胃につけたカテーテル（管）に栄養剤を点滴で注入して摂取することになる。一日三回、一生この形での食事ということになるらしい。口から直接何かを食べたり飲んだりできないのか。そのところは介護の方には分からず、今後の医者からの説明を待つしかない。もし駄目なら、味覚をどうして味わうのだろうか。

二〇〇九年三月十五日

十二時過ぎに訪ねると、何とまた言葉がまったく分からなくなっている。看護師に聞くと、その日の時間帯や状況によって分かるときと分からないときがあるようだ。先月の喜びはが半減してしまった。五月中に吉永小百合さんが来てくださるかもしれないこと、安宅温さんが二月に『命いとおし　詩人・塔和子の半生―隔離の島から届く魂の詩』をミネルヴァ書房から出版、その書評が朝日新聞の書評欄（三月八日）に掲載されたことなどを話す。

吉永小百合さんが塔さんを訪問

二〇〇九年四月三十日

女優・吉永小百合さんが、塔和子さんを訪問した。塔和子ドキュメンタリー映画「風の舞」の詩の朗読者として出演したことから、塔さんの熱烈なファンになったと自称し、大島訪問を希望しておられた。有名女優の吉永小百合さんが、瀬戸内の小島の療養所にたった一人で（秘書と共に）訪問するということは、実に驚くべきことかもしれない。宮崎信恵監督の仲介もあって実現したが、プライベートな行動であることから、マスコミには知らせない、写真撮影は禁止という制約があった。しかし、「塔和子の会」の私たちは、塔さんのご兄弟と一緒に同行することが許された。涸沢純平、河本睦子、長瀬春代、川崎の四人が高松港の桟橋から吉永さんに同行し、塔さんと吉永さんの感動的な出会いの時に立ち会うことが出来た。弟さん二人を含めると、外部からの同行者は七人だけだった。吉永さんの訪問は、直前まで入所者・職員に知らされていなかったので、まさにサプライズ訪問となった。それでも大島の桟橋で、自治会長や入所者・職員たちの歓迎を受けて到着、すぐに病棟の塔さんを訪問。塔さんは相変わらず言葉が不明瞭だが、吉永さんは塔さんの手を握り、さすりながら一生懸命に塔さんの言葉に耳を傾けて聞き、また話しかけておられた。仰向けに寝たままの塔さんだが、嬉しそうな笑顔だった。吉永さんは、塔さんの枕元で「塔和子様　あなたの詩に深く感動しています。お身体を大切に、また詩を書いてくださいね。吉永小百合」と一枚の色紙に書いて塔さんに贈られた。その後、吉永さんは大島会館で入所者や職員約一〇〇人の前で、励ましの言葉を述べ、出席者の質問に応えるなど、懇談のひと時となった。塔さんを個人的に訪問することが目的だったが、ここに来てすべての入所者と働く職員にも励ましと希望を語る吉永さんの優しさと誠実さを感じた。会館に来られない方々のために、吉永さんは園内放送でその思いを伝えた。その後、「風の舞」と「納骨堂」を見学、訪問はあっという間に終わりとなった。桟橋に看護師長の介護で車椅子に乗った塔さんが吉永さんを見送りに来て、感動的な握手とハグによるお別れのシーンとなった。島での滞在時間はわずか二時間だったが、この日大島にさわやかな「小百合風」が吹き抜けたと思った。帰りの船にも同乗したが、デッキに立ち、遠ざかる大島をじっと見つめておられる吉永さんの後ろ姿が印象的だった。

この訪問の様子は、八月九日のＴＢＳのラジオ放送「今晩は、吉永小百合です」の番組で放送された。

二〇〇九年五月十七日

いつものように礼拝後に訪ねる。やはり言葉がよく分からない。塔さんにも言葉が通じないことに苛立ちが見え、だんだんそれが高じて叫びになってきた。そのうちに何だか顔の表情がひきつってきて、手を振りかざして何かを訴えられる。言葉が混乱して分からない。分かったことは、「寝巻きをとってほしい」とか「頭から水をかけて！」、そして「先生、帰れ！」だった。幻覚なのだろうか。私の対応が悪かったのか、塔さんの体調が乱れていたのか、私の戸惑いも大きかった。こんなことは初めての経験。病室の周りには誰もいない、看護師さんたちはこんなことは慣れていて日常的なことなのだろうか。何だかほったらかしにされているようにも思えた。吉永小百合さん訪問の時との落差、一体どうなっているのだろうと思うと悲しくなった。

二〇〇九年六月二十一日

奈良・高の原教会の六人と桟橋で一緒になり、教会の礼拝を共にした。塔さん訪問は先月のことが気になっていたが、今日は四〇%くらい言葉が分かった。六月二十日の朝日新聞「天声人語」に、塔さんの「領土」(『第一日の孤独』)という詩が、「脳死判定、臓器移植法改正問題」に関して取り上げられたので、それを読み上げた。そして、今日の教会の礼拝で歌った讃美歌「小さなかごに」(第二編26番)をベッドサイドで歌うと、拍手してくださった。「小さなかごに花をいれ/さびしい人にあげたなら/へやにかおり満ち溢れ/くらい胸もはれるでしょう/あいのわざはちいさくても/かみのみ手がはたらいて/なやみのおおい世のひとを/あかるくきよくするでしょう」。約二十五分間一緒にいて、お別れには笑顔で手を振ってくださった。先月は、私の態度もよくなかったのかもしれない。笑顔の塔さんに会えた今日はとても嬉しかった。

二〇〇九年七月十九日

また部屋が変わり、一人部屋になっていた。とてもスッキリした感じ。先月に続いてまた童謡「ふるさと」と「赤とんぼ」を歌った。また、塔さんの故郷・愛媛県の明浜町をイメージして作詞した替え歌を「赤とんぼ」の節で歌った。

十四でふるさとを後にして　瀬戸の小島で母想う
海辺のふるさとに咲く花を　わらべが手に摘む夢を見る
山の畑に色づいた　みかんの香りはいつまでも
軒の小窓にさすひかり　囲炉裏を囲んだまぼろしか
小川にそって歩くみち　水面にうつるは誰の影
瀬戸の流れにひびく声　故郷の海に谺《こだま》して

二〇〇九年八月十六日

礼拝後十二時過ぎに訪ねるが、塔さんの言葉は一〇〇％分からない。自分でコールボタンを押せないから、看護師が来るまで何もできず「アーアー、ヒーヒー」と呼び続ける感じ。看護師たちも塔さんの言葉を理解できないから困惑の様子だった。

二〇〇九年十一月十日

園の福祉係長の福井利夫氏と弟の井土さんの依頼を受け、塔和子さんの後見人手続きについての話し合いのために訪問した（立会い）。最近の塔さんの体調を配慮し、今後のことを踏まえて、親族代表の後見人として弟の井土一徳さんを、香川県裁判所からの公的後見人として司法書士を立てることになった。今後の財産管理は裁判所が管轄し、委託された公的後見人が担当する（本人の死去まで）。後見人手続きは十二月一日より開始する。私は第三者であるが、これまでのかかわりの経緯を踏まえて、最後までその責任を負うことになった。塔さんは久しぶりに四人の兄弟に会えて嬉しそうだった。

二〇〇九年十二月二十日

今年最後の訪問となった。教会ではクリスマス礼拝を守った。塔さんは顔色もよく気分がよさそうだった。言葉は分からないが、時々笑みも出てよかった。ベッドサイドに置かれた「訪問者日記」のノートを見ると、明浜町の増田昭宏氏が来られたようだ。明浜中学校の図書館に、塔和子の資料を展示されているらしい。宇和中学校の生徒が総合学習で、塔さんの詩集を読んで書いた感想文と写真が届けられていた。お借りして読むことにした。今年最後となったこの日の訪問、別れ際に塔さんの目から涙がこぼれていた。病棟を出ると強い風が吹いていた。大島は風の島だ。午後一時二十五分、連絡船は何とか欠航にならず強風をついて大島を出た。荒波に大きく揺られながら、遠ざかる島を眺めていた。二〇〇九年の大島青松園訪問は、この日が最後となった。

二〇一〇年二月二十一日

塔さんの容態は特に変化はない。デジカメを持っていたので、職員の方に塔さんとのツーショットを撮ってもらった。脇林さん撮影の写真（大島の夕陽）と塔さんの詩「一条の光を」を組み合わせて作製したパネルを送る約束をした。園内で久しぶりに職員の丹生将一郎さんに会い、塔さんのことや療養所現状について伺った。

二〇一〇年四月十八日

先月は強風で船が欠航、高松港まで来ていたのに島に渡れなかった。二カ月ぶりの訪問となったが、塔さんの部屋が四人部屋に移っていた。外壁の工事のためらしいが、塔さんには落ち着きがなく、「アー、アー」と叫ぶような声が続いた。その日の時間帯によって、体調が変化するらしい。自宅の山茶花の写真に、塔さんの詩「蕾」を組み合わせて作ったパネルをベッドサイドに置いて帰った。

二〇一〇年六月二十日

前日に高松市内で行われた「ハンセン病問題を考える会」主催の集まりに参加した。そこに参加した宮崎信恵さん、矢野早智さん、大槻倫子弁護士が同行、宮崎、矢野さんは礼拝に出席した。午後、納骨堂前で「らい予防法による被害者の名誉回復及び追悼の日」祈念の集会が行われ、山本隆久自治会長、曽我野一美さん、大槻弁護士らと一緒に出席した。その後、「風の舞」の横に新しく造成されている吉永小百合さん寄贈による「桜公園」を見学した。塔さんは、古くからの親しい読者である矢野早智さんに会って嬉しそうだった。

二〇一〇年八月十五日

八月から十月末まで開催されている「瀬戸内国際芸術祭」（大島を含む瀬戸内の七つの島）で、大島に行く人たちで船はほぼ満員だった。この日は、二回目となる芦屋市人権教育推進協議会の六人が同行。教会の礼拝出席の後、トイレの掃除をしていただいた。今回も脇林さんのお世話になった。七月に海岸から引き上げられた「解剖台」や「風の舞」などを見学の後、全員で塔さん訪ねた。塔さんは気分がよさそうで、約十五分間の交流の時を持った。

沢知恵コンサートで歌われた「胸の泉に」

二〇一〇年八月二十八日

第十回沢知恵大島青松園コンサートの日。塔和子の詩「胸の泉に」に始めて曲をつけて歌われるというので、初めてコンサートに参加した。整理券による午前十一時の船は満員なので、早い便の船で行って沢さんに挨拶した。読者の平峯千春先生と友人の木内さん、「塔和子展」を開催している東京都人権啓発センターの坂井新二さん、関西学院中学部時代のPTAの菱川敦子さんと二人の友人も一緒。約二〇〇人の全国から集まった会衆でコンサートは盛り上がった。「胸の泉に」の歌唱は、今までの朗読とは全く違ったイメージの歌い方で驚いたが、とても新鮮で力強くて感動した。車椅子で出席したいと希望されていた塔さんは、体調が整わないまま参加できなかった。

二〇一〇年十月十七日

好善社の棟居《むねすえ》勇理事長と岡本緒里さんが同行。教会は「召天者記念礼拝」として「主よみもとに」と題して説教した。午後から、毎日新聞社高松支局の三上健太郎記者が合流、塔さんを訪問した。岡本、三上さんは始めての塔さんとの出会いだった。相変わらず言葉が出ず、「アー、アー」との声だけだが、岡本さんが曲がってしまった塔さんの手を握りながら話しかけていて、私がそろそろ帰る時間が来ていることを言いかけると、塔さんの口から「帰らないで！」という言葉が聞こえた。そばにいた皆がはっきりと聞いた。まったく話せなかった塔さんから出た奇跡的なひと言だった。とても不思議な現象だった。この日の塔さんの顔は、笑みと涙があってとても豊かな表情だった。来年五月に国立ハンセン病資料館で「塔和子展」を開催し、その期間中に「沢知恵コンサート」を企画し、「胸の泉に」が歌われ、『希望よあなたに』が売れるに違いないことも伝えた。また現在、私が執筆中の本のタイトルを「かかわらなければ路傍の人」にしたいからとお願いし、了承していただいた。思えば、昨年五月十七日の訪問の際に「先生、帰れ！」と叫ばれた塔さんの悲痛な表情と、今日の「帰らないで！」と言われた哀願するようなお顔を、私の胸の中で重ねていた。これからの塔和子さんの生涯に、時の流れはどのように刻むのだろうか。

二〇一〇年十月二十二日

塔さんが住んでいた園内の家に残された物の整理に行く。塔さんが使用し傷んでいる、外部から送られてきた雑誌・書籍などは、必要とする人がなければ破棄する。塔さん自身の著書の冊数を記録、郵便物、必要な写真は保存することに。家の整理をしたことを塔さんに伝える。

二〇一〇年十一月十九日

弟の井土一徳さん、明浜町の増田昭宏夫妻と一緒に、三回目の塔さんの家の整理に行く。必要な本と塔さんが使用していた生活用品（手鏡、口紅、茶わんなど）は故郷の明浜町に、二〇〇七年以降の郵便物（段ボール二箱）は川崎宅に送る。昼休みに塔さんに作業の報告をする。珍しくご機嫌で終始笑顔だった。増田さんが郷土のお土産として「ぽんし」（愛媛地方の方言で、綿を入れた半纏のこと）をプレゼント。午後の作業を終えて帰り際にもう一度塔さんを訪ねたら、午前中とは一転「アー、アー」と口を開けて話が出来なかった。

二〇一一年一月十六日

寒波来襲で、吹きまくる強風にうねる白波を突いて、官用船「まつかぜ」はなんとか大島に着いた。礼拝後塔さんを訪問すると、相変わらず言葉は分からないが、珍しくご気分がよいようだった。今日の礼拝説教で塔さんの詩「証」を取り上げたこと、この詩を読んだ焼鳥屋さんのママさんが「抱きしめたい詩でした」と言われたことを伝えた。病棟の外は寒風で電線がヒューヒューと鳴っていたが、塔さんの病室は温かく、久しぶりに塔さんの笑顔が素敵だった。

二〇一一年四月十七日

改めて思ったのは、塔さんはもう食卓で食事をすることがなくなったということ。一〇〇％胃瘻による摂取だからである。目もほとんど見えていないのではと思えた。相変わらず「アー、アー」の言葉しか出ない。「婦人之友」五月号に掲載された塔さんについての拙文を枕元で読む。

二〇一一年五月十五日

いつものように訪ね、近づく「塔和子展」(五月二十一日〜六月二十六日)のことを話す。訪問者がノートに書いたコメントを朗読する。遠方から来た方々は、会話が出来なくなった塔さんとどのように向き合われたのだろうか。

国立ハンセン病資料館で「塔和子展」開催

二〇一一年六月十九日

濃霧でいつもの官用船が欠航となり、教会は牧師抜きで礼拝を始める。霧が晴れてから遅れて礼拝に出席。病棟が改修工事中で、患者は元不自由舎棟に臨時的に移されていた。「アー、アー」としか話せない塔さんに、国立ハンセン病資料館で開催中の「塔和子展」の報告をし、展示場で読者から預かった塔さんへのお見舞い金を渡す。

二〇一一年七月十七日

国立ハンセン病資料館で開催した「塔和子展」が無事終了したことの報告をする。言葉は分からないが、この日は比較的落ち着いて話を聞いてくださった。両手に包帯がグルグル巻かれている理由を看護師さんに聞くと、指が内側に曲がり過ぎなので、中に水泡がついて蒸れるので、包帯を内側に巻いているとのことだった。

国立ハンセン病資料館「塔和子展」

二〇一一年八月二十七日

第十一回沢知恵大島青松園コンサートに参加。会場に塔さんが車椅子に乗せられて参加されたのでびっくり。体調がよかったのだろうか。最前列で、いつもの「アー、アー」が、あたかも沢さんの歌の伴奏のように聞こえてくる。この日沢さんが歌った塔さんの詩は、全詩集からの八編。「はじらい」と「胸の泉に」は曲をつけて、「別れの時間が」「とどかない」「証」「涙」「地球の傷」「選ぶ」はピアノの弾き語りの朗読であった。コンサートは今回も盛会で素晴らしかった。

はじらい

どんなにささいな行動も
どんなにちょっとしたしぐさも
見られているような
　このまぶしさ
いまここでは
あなたは遠い地にいて
会うすべもないのに
なぜこんなにも
その視線を感じるのでしょう
私は
もぎたての果実のように
新鮮な
そのまぶしさの中で
ちっそくしそうです

（『愛の詩』より）

二〇一一年十月十六日

「風の舞」の宮崎信恵監督と同行。綺麗に改修された病棟の塔さんを見舞う。相変わらずの状態だが、女性の宮崎監督が塔さんの気持ちをうまく引き出し、柔らかい雰囲気になった。監督が塔さんの手を握り、頬ずりされると、その顔の表情が和らぎ笑みがこぼれているように見えた。傍にいた看護師さんが「今日の塔さんの表情が違う」と言われた。いつもの「アー、アー」が、やがて「アーヤー、アーヤー」に変わり、何度も繰り返された。塔さんの一日の二十四時間を考えさせられる。目がほとんど見えないようだ。言葉は「アー、アー」しか出ない。食事は完全な胃瘻で、口から味わうという一つの尊厳が失われている。夜は眠れるのだろうか。きっと薬でコントロールされていると思われる。両手の指が内側に巻くように曲がってしまい、看護師さんが何度も指を伸ばして内側の汗を拭く。普段は汗もが出ないように、包帯で巻いて固定されている。宮崎さんは、こんな感想を漏らされた。塔さんを見ていると、「生きる」ことってどういうことなのか考えさせられる。傍から見ていると、「何のために生きてるの？」と問いかけたくなるが、やはり生かされているということは素晴らしいことだと思う。

二〇一一年十二月十八日

今年最後の訪問。教会でクリスマス礼拝を終えた後、病棟を訪問。最近は前教会代表の曽我野一美さんも入室中なので、毎回塔さんとお二人をお見舞いしている。塔さんはもう何とも言えない状態で「アー、アー」の言葉だけ。お二人が平安のうちに新年をお迎えになるようにと祈る。

二〇一二年四月十五日

塔さんは特に変わりがないが、空気が乾燥するのでマスクをされている。一日三回の胃瘻、もう歩けないので排泄はおむつ。話は聞けているとのことだった。かつて私が持参した塔さんと吉永小百合さんとのツーショットなどの写真パネルが、ベッドのそばのテーブルに置いてあったので、それらを並べてマスク顔の塔さんと一緒にデジカメで撮影した。

二〇一二年八月十九日

高松市の「ハンセン病問題を考える市民の会」事務局長の酒井光雄さんと会員の斉藤真実さんが同行。お二人はお見舞いの花束を渡し、塔さんの手を何度もさすってお見舞いされた。特筆すべきことは、塔さんの状態がとても良いことである。あの「アー、アー」がなくなり、お顔の色もよく、口を開けて何かをいっぱい語られた。

二〇一二年九月二日

「関西学院大学聖和学生ＹＭＣＡ大島青松園プログラム」（八月三十一～九月二日）に、ハンセン病についての講演と朗読会の助言者として参加。参加学生五人に病棟の塔さんを紹介。八月三十一日の塔さんの誕生日を祝って、学生たちが讃美歌を歌い塔さんの詩を朗読した。塔さんは気分がよいようで、はっきりと「ありがとう」と言われた。

二〇一二年九月十六日

先月同様、状態が安定していて顔色もよく、言葉も時々分かる。この日は私の好きな讃美歌三五三番を歌った。「いずみとあふるる　いのちのいのちよ／あさひとかがやく　ひかりのひかりよ」という歌詞。すると塔さんは「いい歌や」と聞こえるようにひと言。また、同行の斉藤真実さんと一緒に童謡「故郷」を歌った。塔さんは三番の歌詞「こころざしをはたして、いつの日にか帰らん」というフレーズがお好きと伺っていた。さらに続いて三年前に塔さんの枕元で歌った、塔さんの故郷の替え歌を「赤とんぼ」のメロディーで歌った。

歌い終わると、塔さんのいびきが聞こえているように思ったので、「塔さん眠ったのかな？」と言うと、「起きてるよ」という声が聞こえた。

二〇一二年十一月十八日

秋晴れのすがすがしい一日。斉藤真実さんと一緒に病棟の塔さんを訪ねる。顔色はよくて落ち着かれている様子。詩選集『希望よあなたに』から、「自然のいとなみ」を枕元で朗読した。

自然のいとなみ

あんずの実がなっている
若葉がそよいでいる
幹の幹
根の根をたどって見たとしても
いったいどんな力どんな知恵で
あんずの木があんずで在りつづけ
なんの変異もおこさず
花咲き実をならせ葉をそよがせ
また
その葉を落とし裸木になり
同じことを年々くり返させているのか

知ることは出来ない
人も魚も
力や知恵の参与しないところで
子を産み
人は人になり
魚は魚になってゆく
道端の
いぬふぐりの花さえ
こう咲くように咲かされて咲いている
私はいまこのとき
こもごもの生命と共に
私であるより外にない私で在らされて立ち
見渡せば
ものみな
已れであらされている
已れを

誇らしげにかざしている

（『いちま人形』より）

二〇一二年十二月十六日

酒井光雄さんと斉藤真実さんが同行。曽我野一美さんが、十一月二十三日に逝去されたことを伝え、悲しみを分かち合った。曽我野さんの葬儀は、十一月二十五日に大島会館で行われ、私も参加した。

二〇一三年一月二十日

霊交会の入所者の礼拝出席者は三人という寂しさ。曽我野一美さん逝去は、自治会、教会にも少なからずの影響がある。塔さんは特に変化はないが、痰が詰まるので吸引の回数が増えている。大阪の河本睦子さんから預かった「皇室御写真カレンダー」を届ける。

魂の詩一〇〇〇編を遺して─八十三歳の生涯を閉じる

私が塔和子さんと会ったのは、二〇一三年一月二十日が最後となった。私は二月一日、段差に躓いて右大腿骨骨幹部骨折の重傷を負い、結果的に七カ月半の入院を余儀なくされた。そして八月二十八日午後三時過ぎに、入院中の千里リハビリテーション病院でのリハビリ中に、大島青松園のキリスト教霊交会代表脇林清さんから、塔和子さんが午後三時十分に急性呼吸不全で死去されたとの訃報が届いた。三日後の八月三十一日が八十四回目の誕生日だった。入院中の故に何もできないことのもどかしさの中で、とりあえず弔電を送った。実はこの日の午後二時過ぎに、弟の井土一徳さんから、「次の日曜に大島に行く。塔は川﨑牧師さんが退院するまで頑張るでしょう」という電話をいただいたすぐ後の訃報だった。私は「塔和子の会」代表なので、この日一日、各新聞社からの電話による取材が殺到した。三十日の朝日新聞の「天声人語」は、全文で塔和子を追悼し、「紡いだ詩は千を超える。自身の言う『生きた証し』を残しての、静かな旅立ちだった」と結んでいた。

「裸の塔和子」――訪問ノートから見たもの

私の二十六間の「塔和子訪問ノート」をまとめてみた。もちろんこの記録は私の一方的なものであって、塔和子さん側からご覧になったら、また違った記録になるかもしれない。また、私が見たところは塔さんの日常生活の一部分であって、当然生活のすべてではない。さらに、私が出会う前の療養所における苛酷な日常生活がどのようなものであったかは、日本のハンセン病療養所における隔離政策の実態を知れば想像に難くない。そのことを踏まえた上で、私がかかわった塔和子の人生のありのままの姿を記録として残したいという思いで「訪問ノート」

のページをめくってきた。

こうして二十六年間続けて訪問した記録を見ると、「記憶の川で」という塔さんの詩の意味が分かるように思った。「忘却という言葉さえ／それは在ったということを消しようのない／証しとなる」と言われる。確かに、この訪問記録のノートには、「ずっしりとした手ごたえのある事象」や「忘れたいこと、覚えておきたいこと」など、さまざまな出来事が詰まっていた。私は今、この訪問記録を書いていったい何を残そうとしたのかを自問している。塔和子という人の、そしてその人にかかわる多くの人たちの「記憶の川」が、このノートの中に流れている。数えてみると、最初のころは少ないが、年々訪問の回数が増してきて、最終的は一七一回を数えている。

その訪問の「記憶の川」を辿ると、さまざま出来事が甦る。「各詩集発行」の喜び、「第二十九回高見順賞」の受賞、ドキュメンタリー映画「風の舞―闇を拓く光の詩」完成、「香川県文化功労賞」受賞、「山陽新聞賞」受賞、『塔和子全詩集』（全三巻）の発行、故郷愛媛県明浜町での二つの「塔和子文学碑」の建立、テレビ・ラジオでの特別番組の制作・放送、新聞・雑誌による報道、高松市内での天皇・皇后両陛下との懇談、吉永小百合さんの訪問、国立ハンセン病療養所での「塔和子資料」の常設展示と保存、そして二〇一一年の「塔和子展」の開催等々、詩人・塔和子の輝かしい足跡を辿ることが出来る。高見順賞を受賞したこと、映画「風の舞」

が全国で上映されたこと、沢知恵さんがコンサートで歌い、塔和子の名は広く社会に知られるようになり、熱心な読者も増えている。

　しかし、「記憶の川」の流れは平坦ではなかった。「忘れたい」と願う事柄はいっぱいあったに違いない。詩の中にそれらの体験が詠われているが、ハンセン病による苦悩はもちろんだが、詩人であることのゆえに、その悩みは深かったと思う。人間の根源の姿を追求し、存在の意味を問いかけてきた。幻想や被害妄想に追いかけられたこともあった。二回の自殺未遂の経験もあった。詩が書けなくなった時もあった。そして最大の苦悩は、最愛の夫・赤沢正美さんを亡くされた時であろう。楽しみ、怒り、悩み、苦しみながら共に過ごしたもうひとつの「かけら」（詩集『日常』「平和」）を失った悲しみは、塔さんを深い淵に陥れた。そして高齢化にともなって、身体も痛みに襲われ、パーキンソン病を患った。晩年の塔さんは言葉を失い、コミュニケーションが出来ないもどかしさが付きまとった。

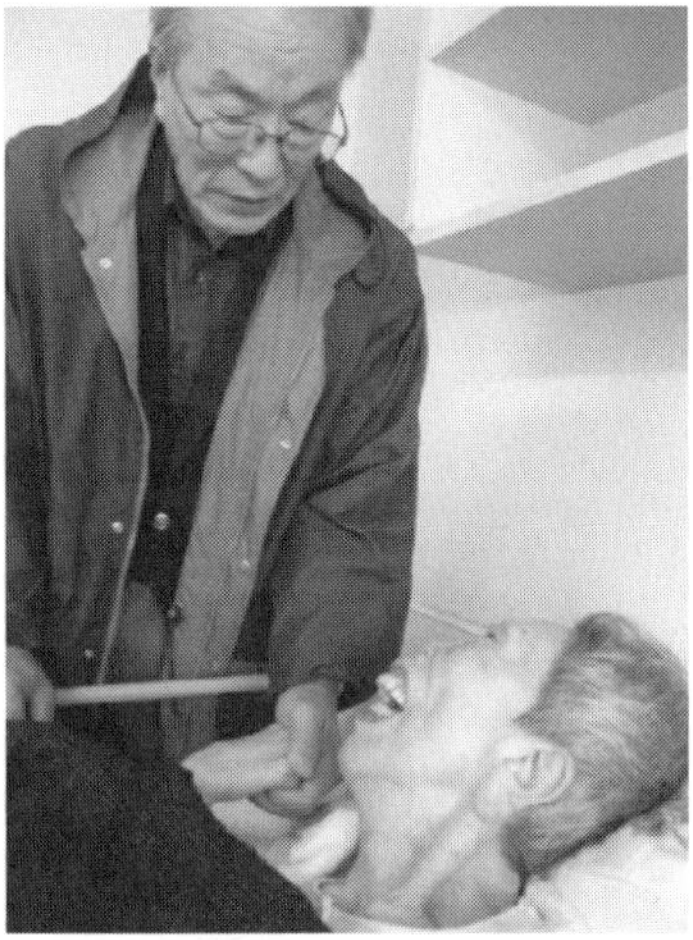
塔さんを見舞う筆者。2010年11月19日

　だが、塔さんの外なる身体は衰えていても、内なるこころは萎えていなかった。初めて塔さんに会ったある女性記者は、「塔さんは、詩について話す時は、その表情がまったく違っています」と言った。詩人とし

ての塔さんの魂は凛として萎えていなかった。「最も明るい希望をひめて／蕾はふくらんでいる」（「蕾」）。「深い深い思いをもって／希望よ／あなたに近づきたい」（「希望よあなたに」）。「そして私は／今日から／明日という餌に／食いつこうとしている／一尾の魚」（「餌」）――塔和子の希望の詩を思い出す。「記憶の川で」の詩は、「流れの元は忘れていない」と詠っている。「流れの元」とは何であろうか。それは、塔さんが詩作の中で常に問いかけてきた根源的なものであろう。

塔さんは、第一詩集の書名にもなっている「はだか木」（裸木）が好きだと言われた。「裸木のように／すかっと／無垢な姿を大地の上に投げ出して見たい」（「脱皮」）と詠っているが、着飾ることなく余計なものを取り去った「裸木」に自分の姿を重ねている。「真実は裸で立って」（「林」）いるのである。二十六年間の「塔和子訪問ノート」をたどりながら、私が気づいたことは、「裸の塔和子」であった。どんなに姿かたちが変形しても、あの病室のベッドの上に横たわっている塔和子が、ありのままの姿である。そこに詩人・塔和子の尊厳があると思った。

塔和子の人間賛歌――「あとがき」に代えて

塔和子さんが遺した詩は約一〇〇〇編と言っているが、『塔和子全詩集』（全三巻）に収録されたものを正確に数えれば、詩集（十九冊）から八三九編、未刊詩集（出版された詩集に収録されていないもの）一一六編、合計九五五編である。他に随筆三十編がある。本書では、単行本として発刊された十九冊の詩集から約八十編を取りだして、私なりの感想を述べた。私が願うことは、ひとりでも多くの方々が塔和子の詩の世界に興味を示し、その詩の持つ深い内容に共感し、またそこにある「問いかけ」に向き合っていただきたいことである。

この詩人に傾倒して出来たファン九名で、「塔和子の会」を立ち上げたのが、二〇〇六年三月だった。塔さんとの出会いは、それぞれに不思議な経緯があったが、お互いに熱心な読者であることで思いを共有した。私はこの会の代表となったが、皆さんと協力して詩選集や全詩集の発行、詩集の販売、塔和子展、故郷での文学碑建立等々の活動をしてきた。いつも遣り甲斐を感じていた。

本書の構想は何年も前からあたためていたが、なかなか集中力が湧いてこなかった。その上、右大腿骨骨折の治療とリハビリのための長期入院などが重なって生活環境が一変したが、やっと脱稿にたどり着いた。また、これまで公益社団法人「好善社」の社員や多くの友人たちに励まされ、勇気をいただいた。編集工房ノアの涸沢純平さんの協力を得た。

ご遺族となられた塔さんのご親族の皆さまに、改めて哀悼の意を表したい。

全国のハンセン病療養所は今、終焉期のただ中にある。残された入所者が、終わりの日まで安らかな日々が与えられ、その尊い人生を全うされるように祈りたい。

最後に、私の大好きな詩を味わいたい。普段着の塔さんが偲ばれる詩である。

人の匂い

行きたいところへ行くことでもない
遊びほうだい遊ぶことでもない
好きな宝石やブラウスを
手に入れることでもない
私の欲しいのは

ちょっとしたこころづかい
ちょっとした親切
ちょっとした思いやり
私はそこへ
　野生の馬のようにつっ走る

人
それは
あたたかい希望だ
なつかしい匂いだ
私は人の匂いをかぎにゆく
そしてほんのりあたたかくなって
ほんのり優しくなって
どんなことでもできそうな勇気がわいてくる
　人は
　幸せを湧き上がらせる泉だ
　喜びをつむいでくれる糸だ

それから
ちょっぴり意地悪い
かなしみだ
（『時間の外から』より）

ちょっぴり意地悪なところがあっても、人は温かい希望、なつかしい匂い、幸せを湧きあがらせる泉、喜びをつむぐ糸—塔和子の人間賛歌である。

二〇一五年十一月十日

夕陽が美しい大阪府豊中市東泉丘にて

川﨑正明

塔和子年譜

一九二九年（昭和四年）　当歳
八月三十一日　愛媛県東宇和郡（現・西予市）明浜町田之浜で、八人兄弟の三番目（次女）として生まれる。
一九四三年（昭和十八年）　13歳
六月二十一日、ハンセン病により、国立療養所大島青松園（香川県木田郡庵治町）に入所。
一九五一年（昭和二十六年）　22歳
九月二十七日、同園の赤沢正美と結婚。
一九五二年（昭和二十七年）　23歳
特効薬プロミン投与により、ハンセン病が完治。
一九五三年（昭和二十八年）　24歳
赤沢正美の指導で短歌を始める。名前を塔和子（ペンネーム）とする。
一九五八年（昭和三十三年）　29歳
この頃から短歌から詩の創作に転向。ＮＨＫラジオ第二放送「療養文芸」に投稿、選者・村野四郎の評価を受ける。
一九六〇年（昭和三十五年）　31歳
詩誌「黄薔薇」（主宰・永瀬清子）同人となる。
一九六一年（昭和三十六年）　32歳
第一詩集『はだか木』を河本睦子の協力により、デジレ・デザイン・ルームより出版。
一九六四年（昭和三十九年）　35歳
園内のキリスト教霊交会で洗礼を受ける。
一九六九年（昭和四十四年）　40歳
第二詩集『分身』（私家版）出版。
一九七三年（昭和四十八年）　44歳
第三詩集『エバの裔』（燎原社）出版。Ｈ氏賞候補となる。八月、弟の井土一徳と井土八羅が、高松市内で約三十数年ぶりに再会する。

一九七五年（昭和五十年）　46歳

阪神間の大学生に招かれ講演をする。大阪在住の末弟の井土八羅の家に宿泊。

一九七六年（昭和五十一年）　47歳

第四詩集『第一日の孤独』（蝸牛社）出版。H氏賞候補となる。詩誌「戯《そばえ》」（主宰・扶川茂）の同人となる。

一九七八年（昭和五十三年）　49歳

第五詩集『聖なるものは木』（花神社）出版。H氏賞候補となる。

一九八〇年（昭和五十五年）　51歳

第六詩集『いちま人形』（花神社）出版。

一九八三年（昭和五十八年）　54歳

第七詩集『いのちの宴』（編集工房ノア）出版。

一九八六年（昭和六十一年）　57歳

第八詩集『愛の詩集』（海風社）出版。

一九八七年（昭和六十二年）　58歳

楽譜『めざめた薔薇』（作曲・柳川直則）が音楽之友社から発行。

一九八八年（昭和六十三年）　59歳

第九詩集『未知なる知者よ』（海風社）出版。

一九八九年（平成一年）　60歳

第十詩集『不明の花』（海風社）出版。

一九九〇年（平成二年）　61歳

楽譜『人の林で』（作曲・柳川直則）が音楽之友社から発行。

第十一詩集『時間の外から』（編集工房ノア）出版。

一九九一年（平成三年）　62歳

楽譜『帽子のある風景』（作曲・柳川直則）が音楽之友社から発行。

一九九三年（平成五年）　64歳

第十二詩集『日常』（日本キリスト教団出版局）

出版。
一九九四年（平成六年）　65歳
詩画集『めざめた風景』（小島喜八郎画）が三元社から発行。
一九九五年（平成七年）　66歳
第十三詩集『愛の詩』（編集工房ノア）出版。
一九九六年（平成八年）　67歳
第十四詩集『見えてくる』（編集工房ノア）出版。
一九九八年（平成十年）　69歳
第十五詩集『記憶の川で』（編集工房ノア）出版。
一九九九年（平成十一年）　70歳
『記憶の川で』により、第二十九回高見順賞（高見順文学振興会主催）を受賞。
詩選集『いのちの詩《うた》』（編集工房ノア）出版。
二〇〇〇年（平成十二年）　71歳
第十六詩集『私の明日が』（編集工房ノア）出版。
十一月二日、夫の赤沢正美死去。八十一歳。

二〇〇二年（平成十四年）　73歳
三月十九〜四月七日にかけて、「思想の詩人・塔和子〜〈在る〉ことを静かに見つめようとする眼差し」が、香川県立図書館で開催。香川県より知事表彰「教育文化功労賞」を受賞。

第十七詩集『希望の火を』（編集工房ノア）出版。

第十八詩集『大地』（編集工房ノア）出版。

第四十四回香川県芸術祭「香川芸術フェスティバル２００２」で、「朗読と合唱で綴る塔和子の世界」が公演。ゲストで招かれて挨拶。

二〇〇三年（平成十五年）　74歳
第十九詩集『今日という木を』（編集工房ノア）出版。

ドキュメンタリー映画「風の舞―闇を拓く光の詩」完成（監督・宮崎信恵、詩の朗読・吉永小百合）。

二〇〇四年（平成十六年）　75歳

第六十二回「山陽新聞賞」（文化功労）を受賞。
『塔和子全詩集』（全三巻）第一巻（編集工房ノア）出版。『ハンセン病文学全集』第七巻（皓星社）に、『はだか木』ほか九詩集から六十五篇が収録される。

二〇〇五年（平成十七年）　76歳
十月二日、高松市内で第二十四回全国豊かな海づくり大会にご出席中の天皇・皇后両陛下と懇談。
『塔和子全詩集』第二巻（編集工房ノア）出版。

二〇〇六年（平成十八年）　77歳
『塔和子全詩集』第三巻（編集工房ノア）出版、全三巻が完成。『愛の詩集』『未知なる知者よ』『不明の花』の改装版が海風社より発行。

二〇〇七年（平成十九年）　78歳
四月にリニューアルされた「国立ハンセン病資料館」に、塔和子資料が常設展示される。
四月十五日「塔和子文学碑」が、故郷の西予市明浜町大早津シーサイドサンパーク内に建立され、その除幕式に出席、多数の市民に歓迎された。その碑には「胸の泉」の詩が刻まれた。詩選集『いのちと愛の詩集』（角川学芸出版）出版。

二〇〇八年（平成二十年）　79歳
四月二日、二基目の「塔和子文学碑」が、故郷の西予市明浜町の大崎鼻公園内に建立される。碑には「ふるさと」の詩が刻まれた。塔和子詩選集『希望よあなたに』（文庫判・編集工房ノア）出版。

二〇〇九年（平成二十一年）　80歳
二月、安宅温『命いとおし　詩人・塔和子の半生―隔離の島から届く魂の詩』（ミネルヴァ書房）出版。
四月三十日、女優・吉永小百合が大島青松園来園、訪問を受ける。他の入所者とも交流。

二〇一一年（平成二十三年）　82歳
「塔和子展」が、五月二十一日から六月二十六日まで国立ハンセン病資料館で開催。国立ハンセン病資料館と「塔和子の会」共催。期間中「塔和子をうたう―ピアノ弾き語りコンサート」(沢知恵)、映画「風の舞」上映、塔和子詩集の読書会が行われた。

二〇一二年(平成二十四年) 83歳

六月、歌手・沢知恵がCD「かかわらなければ～塔和子をうたう」を発表。

二〇一三年(平成二十五年) 84歳

三月二十五日、吉永小百合が再度大島青松園訪問。入所者と一般向けに主演映画「北のカナリアたち」を上映。

八月二十八日午後三時十分、急性呼吸不全で死去。満八十三歳。園内の協和会館で二十九日前夜式、三十日告別式。同日、朝日新聞「天声人語」が、死去を全文で報ずる。

十月六日、「ハンセン病問題を考える市民の会」が、高松市内で「塔和子さんを追悼するつどい」を開催。映画「風の舞」上映と読書会。

十一月三日、「塔和子の会」が、「塔和子さんを偲ぶ会」を園内の大島会館で開催。一三〇人が参加。

二〇一四年(平成二十六年)

三月十七日、西予市明浜町田之浜の井土家墓に、本名・井土ヤツ子で分骨。親族、地域住民、西予市関係者、塔和子の会など三十数名が参列。

二〇一五年(平成二十七年)

十一月十三日、西予市明浜町田之浜の井土家墓で、塔和子召天二年記念式が行われ、親族と地元関係者二十五名が参列した。

(川﨑正明編)

参考資料

『塔和子全詩集』（第一巻） 編集工房ノア　二〇〇四年
『塔和子全詩集』（第二巻） 編集工房ノア　二〇〇五年
『塔和子全詩集』（第三巻） 編集工房ノア　二〇〇六年
『いのちの詩《うた》』（塔和子詩選集） 編集工房ノア　一九九九年
『いのちと愛の詩集』（詩選集） 角川学芸出版　二〇〇七年
『めざめた風景』（詩画集・絵＝小島喜八郎） 三元社　一九九四年
『いのちの詩《うた》　塔和子展』報告書（塔和子の会編） 二〇一一年
『いのちを紡ぐ　詩人・塔和子追悼集』（塔和子の会編） 二〇一四年
『調査日報』（平峯千春＝地域レポート） 財団法人 香川経済研究所　二〇〇五年
『樹木』—高見順文学振興会会報vol 17—　財団法人高見順文学振興会　一九九九年
『青松』（一九九七年八月号）〈聞き書き・それぞれの自分史〉、（二〇〇四年六月号）〈彩音まさき「塔さんのかかわらなければ」⑦〉　国立療養所大島青松園協和会
森田　進『詩とハンセン病』土曜美術社出版販売　二〇〇三年
安宅　温『命いとおし　詩人・塔和子の半生—隔離の島から届く魂の詩』ミネルヴァ書房　二〇〇九

年
赤沢正美　歌集『投影』青松歌人会　一九七四年
赤沢正美　歌集『草に立つ風』讃文社　一九八七年
川崎正明『いい人生、いい出会い』日本キリスト教団出版局　一九九四年
川崎正明『ステッキな人生』日本キリスト教団出版局　二〇〇七年
高木智子『隔離の記憶　ハンセン病といのちと希望と』彩流社　二〇一五年
平峯千春『いのちの詩《うた》』（教養ゼミナール）香川大学医学部看護学科健康科学　二〇〇四年

塔和子詩集一覧

『はだか木』　一九六一年（昭和三十六）　デジレ・デザイン・ルーム
『分身』　一九六九年（昭和四十四）　私家版
『エバの裔《すえ》』　一九七三年（昭和四十八）　燎原社（H氏賞候補）
『第一日の孤独』　一九七六年（昭和五十一）　蝸牛社（H氏賞候補）
『聖なるものは木』　一九七八年（昭和五十三）　花神社（H氏賞候補）
『いちま人形』　一九八〇年（昭和五十五）　花神社
『いのちの宴』　一九八三年（昭和五十八）　編集工房ノア
『愛の詩集』　一九八六年（昭和六十一）　海風社
『未知なる知者よ』　一九八八年（昭和六十三）　海風社
『不明の花』　一九八九年（平成元）　海風社
『時間の外から』　一九九〇年（平成二）　編集工房ノア
『日常』　一九九三年（平成五）　日本キリスト教団出版局
『愛の詩』　一九九五年（平成七）　編集工房ノア
『見えてくる』　一九九六年（平成八）　編集工房ノア

『記憶の川で』　一九九八年（平成十）　編集工房ノア（第二十九回高見順賞）
『私の明日が』　二〇〇〇年（平成十二）　編集工房ノア
『希望の火を』　二〇〇二年（平成十四）　編集工房ノア
『大地』　二〇〇二年（平成十四）　編集工房ノア
『今日という木を』二〇〇三年（平成十五）　編集工房ノア

＊

『塔和子全詩集』第一巻　二〇〇四年（平成十六）編集工房ノア
『塔和子全詩集』第二巻　二〇〇五年（平成十七）編集工房ノア
『塔和子全詩集』第三巻　二〇〇六年（平成十八）編集工房ノア

＊

詩選集『裸木』　一九七〇年（昭和四十五）神戸大学出版局
詩選集『いのちの詩《うた》』　一九九九年（平成十一年）編集工房ノア
詩選集『いのちと愛の詩集』二〇〇七年（平成十九）角川学芸出版
詩選集『希望よあなたに』（文庫判）　二〇〇八年（平成二十）　編集工房ノア
抄詩集『はだか木』　一九八一年（昭和五十六）ＶＡＮ書房
抄詩集『エバの裔』　一九八一年（昭和五十六）ＶＡＮ書房
抄詩集『第一日の孤独』　一九八一年（昭和五十六）ＶＡＮ書房

＊

楽譜『めざめた薔薇』　一九八七年（昭和六十二）（作曲・柳川直則）音楽之友社
楽譜『人の林で』　一九九〇年（平成二）（作曲・柳川直則）音楽之友社
楽譜『帽子のある風景』　一九九一年（平成三）（作曲・柳川直則）音楽之友社
詩画集『めざめた風景』　一九九四年（平成六）（絵・小島喜八郎）三元社

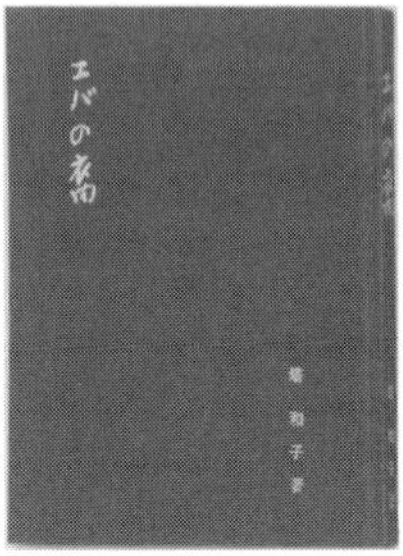

『エバの裔』1973

『分身』1969

『はだか木』1961

『いちま人形』1980

『聖なるものは木』1978

『第一日の孤独』1976

『未知なる知者よ』1988

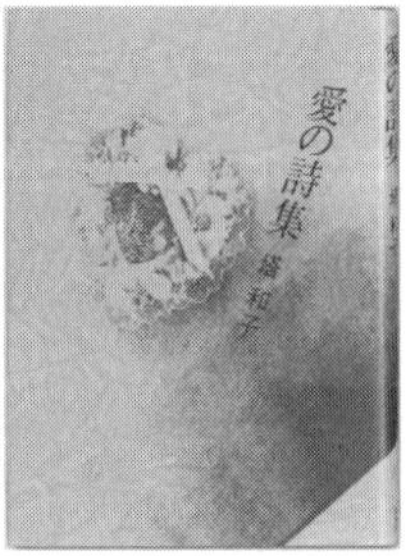

『愛の詩集』1986

『いのちの宴』1983

『日常』1993

『時間の外から』1990

『不明の花』1989

『記憶の川で』1998

『見えてくる』1996

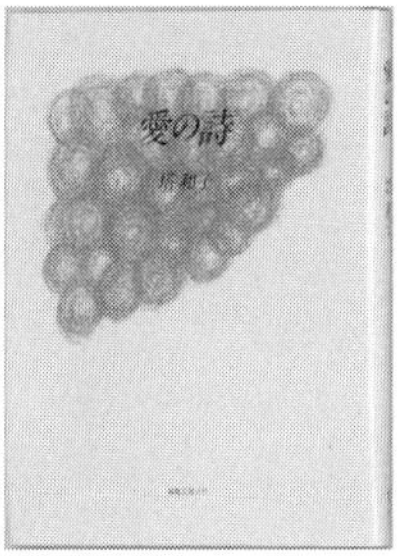

『愛の詩』1995

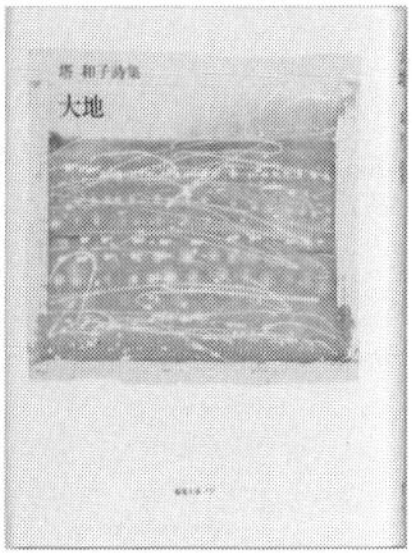

『大地』2002

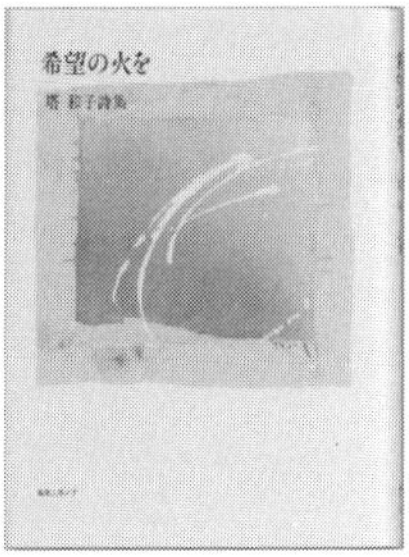

『希望の火を』2002

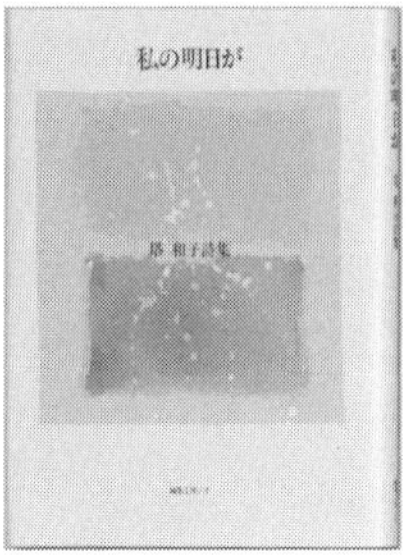

『私の明日が』2000

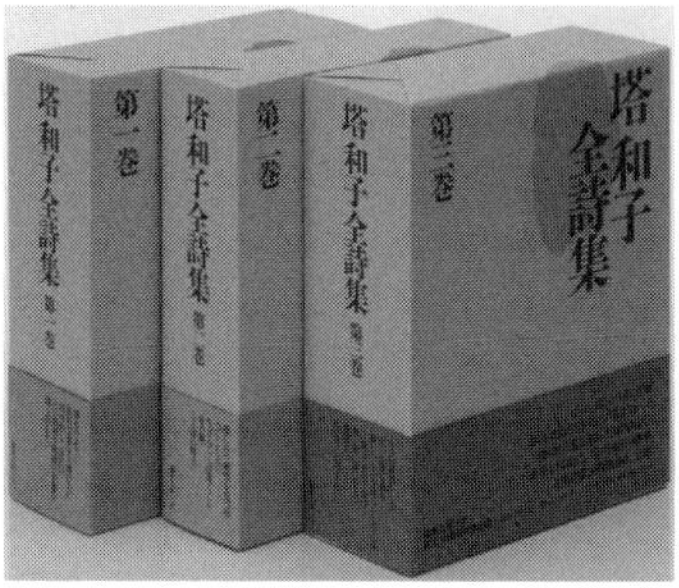

『塔和子全詩集全三巻』2004～2006

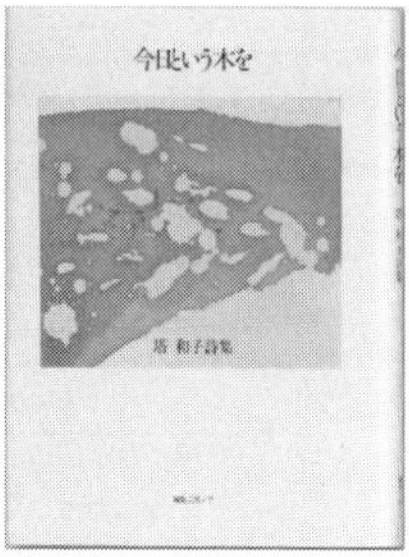

『今日という木を』2003

川﨑正明（かわさき・まさあき）
1937年　兵庫県加東郡に生まれる。
1955年　兵庫県立社高校卒業。
1959年　関西学院大学神学部卒業。
1961年　同大学院修士課程修了。
1961年〜1970年　日本キリスト教団芦屋山手教会、同姫路五軒邸教会牧師、西脇みぎわ教会牧師代務者。
1970年〜2002年　関西学院中学部宗教主事。
2001年〜2006年　聖和大学非常勤講師。
2001年〜現在　公益社団法人「好善社」理事（ハンセン病に関わる活動団体）。
2002年〜2005年　学校法人武庫川幼稚園園長。
2006年〜現在　「塔和子の会」代表。
2012年〜現在　芦屋市人権教育推進協議会役員。

著書　『旧約聖書を読もう』『いい人生、いい出会い』『深い淵の底から―愛する者の死』（共著）、『ステッキな人生』（以上、日本キリスト教団出版局）

かかわらなければ路傍《ろぼう》の人《ひと》
――塔和子の詩の世界
二〇一六年二月十日発行
著　者　川﨑正明
発行者　涸沢純平
発行所　株式会社編集工房ノア
〒五三一―〇〇七一
大阪市北区中津三―一七―五
電話〇六（六三七三）三六四一
FAX〇六（六三七三）三六四二
振替〇〇九四〇―七―三〇六四五七
組版　株式会社四国写研
印刷製本　亜細亜印刷株式会社
© 2016 Masaaki Kawasaki
ISBN978-4-89271-248-7
不良本はお取り替えいたします

表示は本体価格

記憶の川で

塔　和子詩集

第15詩集　**第29回高見順賞**　半世紀を超える私の療養所暮らしの中で、たった一つの喜びは、詩をつくることでした。私だけの記憶。　一七〇〇円

私の明日が

塔　和子詩集

第16詩集　多くを背負わなかったら私はなかった。背負ったものの重たさがいまを息づく私のいのち。最も深い思いをひめて、蕾はふくらむ。　一七〇〇円

希望の火を

塔　和子詩集

第17詩集　ながくつらい夜にいたから、苦悩のくさりにつながれていたから、とき放たれたこころの輝くような楽しさを知った。辛酸を超え。　一七〇〇円

大地

塔　和子詩集

第18詩集　私の足跡は大地が受けとめてくれる。私の涙は風や陽がぬぐってくれる。私はどのように生きても、一条の光を見つめて止まない。　一七〇〇円

塔和子全詩集　第一巻

八二七頁

収録詩集『はだか木』『分身』『エバの裔』『第一日の孤独』『聖なるものは木』『いちま人形』、別刷栞文・大岡信。A5判・上製函入。　八〇〇〇円

塔和子全詩集　第二巻

六四一頁

収録詩集『いのちの宴』『愛の詩集』『未知なる知者よ』『不明の花』『時間の外から』『日常』『愛の詩』、栞・片岡文雄。　八〇〇〇円

塔和子全詩集　第三巻　一〇二〇頁

収録詩集『見えてくる』『記憶の川で』『私の明日が』『希望の火を』『今日という木を』、未刊詩一一六篇、随筆三十篇。栞・増田れい子。　八〇〇〇円

希望　杉山　平一

第30回現代詩人賞　もうおそい　ということは人生にはないのだ　日常の中の、命の光、人と詩の「希望」の形見。九十七歳詩集の清新。　一八〇〇円

春よ　めぐれ　安水　稔和

阪神・淡路大震災。よく記憶すること、繰り返し記憶すること。失われたいのちのために、私たちが生きるために、鎮魂と再生の詩集。文庫。　一五〇〇円

かく逢った　永瀬　清子

詩人の目と感性に裏打ちされた人物論。宮沢賢治、高村光太郎、萩原朔太郎、草野心平、井伏鱒二、三好達治、深尾須磨子、小熊秀雄他。　二〇〇〇円

象の消えた動物園　鶴見　俊輔

私の目標は、平和をめざして、もうろくするということです。もっとひろく、しなやかに、多元に開く。2005〜2011最新時代批評集成。　二五〇〇円

島の四季　志樹逸馬詩集

とぼしい時代の愛生園に生きた。…今日の日本の都会の対極にある。だが、私たちのいるところを照らす鏡となっている（鶴見俊輔氏）。　一二〇〇円

ノア詩文庫

希望よ　あなたに

塔　和子　詩選集

ハンセン病という過酷な人生の中から生まれた詩は、人間の本質を深く見つめ、表現されたものばかりで、読んでいて心が震えました。一人でも多くの人に、塔さんの詩を読んでほしいと思います。

吉永小百合

この詩集の作者は、自分の感受性のうち震える尖端を、内視鏡のように敏感に操りながら、自分の本質から湧き出てくる言葉をくり返し追求し、書きしるし続ける。生きている瞬間々々の貴重な「生」の実感。身のまわりの小さな生活空間以外にほとんど出たこともないこの詩人の詩が、生きることの貴重さ、よろこび、その一期一会の感動を伝える。

大岡　信

全詩集からの選集六十篇　本体九〇〇円＋税